半条皮带

向中国共产党建党 100 周年献礼

齐英华 著

新疆生产建设兵团出版社

图书在版编目(CIP)数据

半条皮带 / 齐英华著. -- 五家渠：新疆生产建设兵团出版社，2021.7

ISBN 978-7-5574-1279-1

Ⅰ.①半… Ⅱ.①齐… Ⅲ.①诗集-中国-当代 Ⅳ.①I227

中国版本图书馆 CIP 数据核字(2021)第 178149 号

半条皮带

出　版	新疆生产建设兵团出版社
地　址	新疆五家渠市迎宾路 619 号
邮　编	831300
电　话	0994-5677185
发　行	0994-5677116
传　真	0994-5677519
印　刷	佳木斯市天宝印刷有限公司
开　本	889 毫米×1194 毫米　1/32
印　张	8.125
字　数	160 千字
版　次	2022 年 2 月第 1 版
印　次	2022 年 2 月第 1 次印刷
书　号	ISBN 978-7-5574-1279-1
定　价	42.00 元

序　言

徐祝新

作者齐英华，我是通过她的丈夫范洪洲认识的。范洪洲当时是鹤岗市广电局常务副局长兼电视台台长，齐英华是《鹤岗日报》社记者。他们夫妻二人都是鹤岗资深媒体人。由于工作的关系，我经常在报纸上读到齐英华写的新闻稿件，有的新闻当时在社会上引起很大反响，也有的稿件市领导给以批示。由于我也有文学情结，近年来也读一些齐英华的诗歌、散文等文学作品。她的作品给我总的印象：阳光向上，充满积极的正能量。读来给人鼓舞，让人振奋，《半条皮带》这部诗集，就是这样一部作品集。

《半条皮带》是一部向中国共产党建党百年献礼的红色诗歌集，包括八十二首诗歌、四个小诗剧。诗集展现了中国共产党百年的风雨历程，波澜壮阔，时间空间跨度大，从建党之初的革命先驱李大钊，向警予，一直写到当今的脱贫攻坚，习近平视察三江平原；如此宏观，但并不空，能具体到一个一个的故事，一个一个的人。从具体的人和事着笔，表现了一个伟大的党,伟大的征程。用诗歌讲党史故事不知道这是不是一个创举。整部诗集,字里行间流露出作者对党的深情厚意,浓烈的家国情怀。每一首诗都是一个跳动着的红色音符。关于这部诗集我不想从文学的专业角度作评论,受这部诗集作品的启发,从一个业余文学爱好者角度谈点想法。2014年习近平在北京文艺工作座谈会上强调,"文艺是时代前进的号角,最能代表一个时代的风貌,最能引领一个时代的风气。""好的文艺作品就应该像蓝天上的阳光、春季里的清风一样,能够启迪思想、温润心灵、陶冶人生,能够扫除颓废萎靡之风。"告诫文艺工作者要"认识自己所担负的历史使命和责任,坚持以人民为中心的创作导向,努力创作更多无愧于时代的优秀作品,弘扬中国精神、凝聚中国力量,鼓舞全国各族人民朝气蓬勃迈向未来。"作为文学皇冠上的明珠,诗歌,也应该是要坚持以人民为中心,脱离人民就脱离社会,脱离时代,就是没有根基的作品。有人说诗歌是小众文学,是知识阶层的文学。不需要大众读懂。不对,自古以来,能流传下来的,为广大群众喜闻乐见的优秀作品,都是与人民息息相关的。当今诗坛,也应面对大众,诗人应多写人民大众热爱的,阳光向上,有筋骨、有道德、有温度的诗,彰显信仰之美、崇高之美。这部诗集里讲的红色故事不是应该向大众宣传么?这部用诗歌讲的红色故事是一部平易、亲切、生动的好教材,值得品鉴。讴歌奋斗的人生,刻画时代的最美人物,引领向上的价值观,引导人们增强道德判断力和道德荣誉感，坚定人们对美好生活的憧憬和信心。弘扬时代主旋律，传递社会正能量。我赞成多写红诗。

《半条皮带》没有一句空洞的口号，看不到丝毫政治说教，而是让读者享受语言，有诗的韵味，美的意境，看到了历史的升华。

这部诗集贯穿了建党百年的红线，描绘出一幅幅我党百年沧桑壮美的史诗般画卷。诗集中我们看到这样一个画面：小战士拉住班长的胳膊，不让继续剁剩下的半条皮带。明明饿的不行，嘴里却喊着"我不饿"。诗到这里没有结束，又继续写道那半条皮带"记下了铁索桥/记下了雪山草地/记下了小战士的眼泪/记下了印满弹痕的军旗"升华到长征精神。《血肉相依》反映的是共产党与人民群众的关系。这本来是一个政治性很强的主题，很容易写空，但诗人没一句政治套话，而是用一系列的具体事物，木板门，小米饭，庄稼地，汗水湿透的工衣反映出人民群众在革命战争年代对革命队伍的支持，和当今时代党对普通工农群众的关心，反映出共产党就是为人民而产生，为人民而存在的，一个共产党不忘初心的大主题。本诗集中，很多诗都是这种大主题，但是都有细节，感情真挚，很感人，读来令人流泪。没有假大空的感觉。本诗集中还有一些诗采用了浪漫主义的手法，放飞想象的翅膀，深深地吸引着读者，让人有身临其境，与诗人一道追梦圆梦的感觉。《半条皮带》是一部优秀诗集。作为一名喜爱读红诗的读者，希望看到作者写出更多有高度思想性、艺术性、观赏性的优秀作品,以飨读者。

为诗集赋诗一首:

齐心不改来时路,
英气夺人志更遒。
华发"红船"联袂至,
棒出新韵笔难休……
综上,是序也。

注:徐祝新 鹤岗市政协主席

目　录

序　言 …………………………………… 徐祝新

绞刑架下的播火者 …………………………………（1）
燃烧的声音 …………………………………………（3）
妈　妈
　——读赵云霄烈士就义前写给女儿的信有感 …（6）
菊妹子 ………………………………………………（9）
我记得你
　——仅以此诗献给杨开慧烈士 ………………（13）
石破天惊第一枪 ……………………………………（15）
那一朵井冈兰 ………………………………………（19）
半条红军被 …………………………………………（23）
桥 ……………………………………………………（26）
党员证 ………………………………………………（29）
雪山冰雕 ……………………………………………（31）
半条皮带 ……………………………………………（33）
不要忘了那个桥 ……………………………………（36）
你从硝烟中走来
　——致东北抗联老兵李敏 ……………………（39）

·1·

乌河绝唱	(40)
飘雪的森林	
——谨以此诗献给抗日英雄赵一曼	(43)
那一夜我嫁给了你	(47)
啼血百灵	(49)
菊花与将军	(52)
冰雪达子香	(54)
祭东北抗联烈士	(56)
卢沟桥的石狮子	(58)
十二载生死守望	(60)
江　姐	(64)
乳汁啊乳汁	(68)
再过十五年　又是一个刘胡兰	(71)
妈妈　我在笑（歌词）	(73)
亲爱的　我来了	(75)
山河记得	(79)
老战友我想你们	(83)
寄一个笑容给妈妈	(87)
祖国接你们回家	(90)
初　吻	(93)
矿山遗产	(95)
丰　碑	(98)
冬古拉玛妈妈	(101)
前世今生	(104)
血肉相依	(106)

往　事	（108）
记　住	
——写在南京大屠杀公祭日	（109）
南湖的红船	（111）
想　念	（114）
他的月亮没有圆	（116）
再一次呼唤你	（118）
这个秋天	（121）
等你等了二十八年	（123）
推开你的木板门	（127）
风雪中又相见	（129）
共和国长子之歌	（131）
如果他们还活着	（134）
你还巡航在祖国蓝天	（137）
焦裕禄	（140）
最爱干净的人	（145）
我是中华不变的儿女	（148）
中国最美的笑容	（150）
这个正月	（152）
诗行为你含泪	（153）
一座山的回答	（155）
除夕　夜色里	（158）
保卫武汉	（160）
关上家门	（162）
我是共产党员	（164）

妈妈再见	(166)
记住他的脸	(168)
他站在风雪正月天	(170)
最美头型	(172)
我是警察	(175)
婚期如约	(180)
我在春天里等你	(184)
多想再看你一眼	(185)
送　别	(187)
归　来	(190)
我在樱花树下等你	(192)
我在南风井等你	(195)
窗　外	(199)
千古一跪	(201)
白色风采	(203)
一条河	(205)
祝祖国平安	(208)
时刻准备着	(209)
重逢在老报纸	(211)
像石榴籽一样紧紧抱在一起（歌词）	(214)
奶奶教我唱首歌	(215)
未寄出的情书（音诗画舞台剧）	(217)
二小的故事（音诗画舞台剧）	(226)
我们都是你妈妈（音诗画舞台剧）	(231)
红盖头（小歌剧）	(236)

绞刑架下的播火者

他站在绞刑架下
八字胡方脸眼镜
就要去向永远的远方
镇定从容
播火者
是他炽热的罪名

从十月的那一声炮响中
取回种子
火的种子
开始播撒在古老的中华大地
我的马克思主义观
布尔什维克的胜利
一道闪电
一声霹雳
黑暗无边的苍穹突然撕裂一条缝
惊起屈辱百年的奴隶
看到那曙光的一线
沉沉的夜再也不是一片死寂

半条皮带

他双手举着火种播撒
头上悬着的绳索随时可能落下
从采取火种的开始
他就把自己放在了绞刑架下
壮烈牺牲
是他38岁人生的音响与光华
爱的生活才是人的生活
牺牲便是爱的光大
他播撒火的种子
他就是一粒火的种子
发芽开花
燃烧　漫延

火染红了山河
染红了天地
波浪滔天
红旗翻滚
他笑了
已经看到了一个红色华夏

燃烧的声音

五月的鲜花又开了
我不知道哪一朵是你
五月的鲜花掩盖着那年的热血
我知道哪一朵都是你
多少次五月的花开花落
心中的烈火还燃烧在宇宙里

我是中国共产党党员
革命奋斗　流血牺牲
为解放工农劳动大众
反动派要杀死我
革命是杀不完的
无产阶级团结起来
反动派的日子不会太长了

这是1928年5月1日的武汉
女共产党员向警予赴刑场的路上
高昂着头　秀美的脸庞
紧缚的绳索　滴血的镣铐
油绿色的旗袍　记着

半条皮带

蒙达尼草坪长椅上的结婚照
两个人捧着一本资本论
向蔡同盟向旧世界宣战
两颗火的种子在巴黎公社的故乡点燃
开始在漫漫黑夜中燃烧
引燃一颗一颗小火星

起来　饥寒交迫的奴隶
起来全世界受苦的人
满腔的热血已经沸腾
要为真理而斗争
棍棒　皮鞭
压不住一路演讲
一路战歌
魔鬼们
惊慌　恐惧
用石块塞满她的嘴
用皮带勒紧她的嘴巴和双颊
鲜血从嘴角涌出
可是
真理燃烧的声音是堵不住的
枪声响了
子弹穿透她的胸膛
她的声音却穿透了云霄
在工农劳动者的一群中炸响

一粒种子的力量
远大于个体的生命
她引燃的一颗颗小火星
永远在燃烧
燃烧
第一次打开千年裹脚布的小脚女人们
燃烧
第一次走进罢工队伍的纺织女工
燃烧
第一面女权运动的大旗
燃烧
五卅运动不息的涟漪
燃烧
在黑夜中漫延
燃烧
在无边大地燎原

穿越世纪
今天的心灵
依然能听到那颗种子燃烧的声音
在每一颗萌发的春芽里
在每一片苍翠的新绿里
一颗燃烧不息的火种
一个永远不毁的生命

妈 妈

——读赵云霄烈士就义前写给女儿的信有感

我很想喊你一声妈妈
未曾开口却泪如雨下
我不是你在狱中生的那个娃娃
但是我知道全中国的娃娃
都应该喊你一声妈妈
你是为了我们啊
是为了我们啊

那天你就要走向刑场
最后一次亲吻你的娃娃
最后一次给她喂奶
她那么小那么小
刚刚一个月又十几天的小娃娃
还不懂得生离死别
还不知道从今天开始就再也没有了妈妈
她对着你咯咯地笑
一双小手紧紧抓住你的头发
抓着头发的那双小手
抓痛着你的心

滚烫的热泪落到她瘦小的脸颊
小宝宝
你是民国十八年正月初二生的
但你的母亲
在你才有一月又十几天的时候
便与你永别啦

这是你留给女儿的信
是与她最后的对话

小宝宝
我很明白的告诉你
你的父母是共产党员
小宝宝
我不能抚育你长大
希望你长大后好好的读书
且要知道你的父母是怎样牺牲的
当我牺牲的时候你还在牢中
你是不幸者
是无父母的可怜者
小宝宝
你父亲在牢中给我的信及作品
你要好好的保存
小宝宝
你的母亲不能多说了
血泪而书成

刑场上你没有落泪
枪声响了
枪声响了
你多想再回头看一眼你的娃娃
妈妈
妈妈
她还没有学会喊你一声妈妈
枪声响了
枪声响了
你还没来得及听她喊你一声妈妈
妈——妈——
妈——妈——

菊妹子

翻开百年沧桑风雨
走进那片浴血拼杀的土地
有一个湘女的名字
写满了湘南的记忆

我志愿加入中国共产党
对党忠诚　永不叛党
一个女子师范的学生
韶山冲走来的菊妹子姑娘
黑暗中在镰刀斧头下举手宣誓
共产党第一个女游击队队长

湘南的菊花迎着秋风怒放
菊妹子迎着黑暗举起刀枪
一支火炬划破漆黑的夜
掀起一片狂潮巨浪
跟着菊妹子冲进土豪大院
跟着菊妹子把反动县衙烧光
一朵菊花开成一团燃烧的火
把一处处黑暗点亮

时而珠光宝气贵夫人
时而旧衣褴衫农家娘
时而出没城乡间
时而厮杀在战场
字条上横着一把宝剑
一个神秘的名字在衡山耒水间传扬
菊妹子
女游击队队长
一把利剑
令反动派头顶发凉

1928年
一阵血雨袭来
翱翔的雄鹰折了翅膀
菊妹子负伤两次入牢房

叫什么名字
我叫共产党
一个名字炸响地狱里的牢房
菊妹子是毛泽东的妹妹毛泽建

重刑　重刑
共产党员的意志是钢铁铸成
共产党员的身体也是普通人的骨肉
来自爹娘
一根一根拔掉十个指甲

用铁丝穿透一双乳房
心疼得粉碎
疼得粉碎
每一个碎片上都写着
誓死为党　毛泽东大有希望
誓死为党　毛泽东大有希望
滴血的手指
写下鲜红誓言
我将毙命不足为奇
在达湘个人方面是很痛快的了
但是人民总归要做主人
共产主义事业终究要胜利
只要革命成功了
就是万死也无恨
到那天
我们还要在九泉下开欢庆会的

1929年
秋风凄雨
斑竹千滴泪
湘水涌悲浪
马庙坪一声枪响
菊妹子发出最后的高喊
万岁中国共产党
毛家第一位烈士血染湘江

潇湘之巅有朱凤
一只朱凤绕山唱
誓死为党
誓死为党
毛泽东大有希望
毛泽东大有希望

我记得你

——仅以此诗献给杨开慧烈士

每当想起你　心就会痛就会热
热得全身的血都会沸腾
总会想起你
因为你曾轰轰烈烈来过我的心
来过湘江大地

我记得你喊过的口号
是在识字岭的刑场上
我记得你的样子
一身书卷气的温柔淑女
脚上带着钢铁的镣铐
上面印着你　鲜红的血
沾满你被磨烂的肉和皮
你的目光　染红遍地旌旗

你高唱的那支歌
在四面八方　响起
你写给润之的信
还藏在老屋的墙缝里

半条皮带

润之为你作的诗
吟诵在千万人的心里

你没有远去
祖国的万水千山都有你
我们都是你血脉的传人
你举过的旗今天举在
我们的手里
从你来的方向接过
向着你要去的方向走去

也会有暗礁险滩
也会有暴风骤雨
我不会迷失方向
我的心里记得你
我记得你
我们记得你

我们永远记得你

石破天惊第一枪

夜沉沉
路漫漫
祖国在风雨中飘摇
红船在惊涛中颠簸
为什么眼中充满愤怒
赤手空拳血流成河
四一二血淋淋的屠刀
七一五狰狞的子弹
蒋介石汪精卫叛变革命
千古之罪罪恶滔天
李大钊被吊上绞刑架
无数共产党员革命志士工农民众
倒在黑洞洞的枪口前
鲜红的热血浸红了上海滩
浸红了武汉三镇
浸红了湘江岸
痛碎了一颗颗悲愤的心
枪杆子枪杆子
共产党需要有自己钢铁的枪杆子
十万火急火急十万

武装起来必须武装起来

从地上爬起来
揩干满脸的血污
党中央紧急会议
一个决定
石破天惊
武装起义

不能与家人说声道别
不知能否与亲人再见
默默转身
怀揣一腔仇恨
南昌
秘密聚集南昌
江西大旅社前敌委员会窗前
灯光彻夜不眠
就要展开雄劲的翅膀
暴风骤雨中的海燕
等待一个划时代的时刻
屏住呼吸目光庄严

1927年8月1日
凌晨二时
南昌城头一声枪响
划破夜的黑暗

一场点亮中国前途的战斗
在这个子夜打响
这是共产党自己的第一枪
这是中国人民自己军队的第一枪
从此
血债要用血来还
不再赤手空拳
红领带白毛巾红十字
低低的一声
河山统一
开来勇士两万
枪炮疾喊
热血冲锋
鲜红的战旗
插进街巷
插上城门
插上楼顶
四个小时歼敌三千

人民军队的第一声大喊
南昌
我们占领啦
第一声枪响展开的战旗
举过海陆丰
举过湘南游击战
举到罗霄山脉的井冈山

从此风风雨雨

从此激流险滩

枪弹一遍一遍穿透

热血一遍一遍浸染

脚踏着中华大地

背负着民族的希望

跟着南湖的红船

劈波斩浪

英勇向前

向前

今天

当我们仰望庄严的军旗

八一两个大字总会激动在心间

我们又看到那年的热血

那年的硝烟

没有走远

都没有走远

那一页日历早已定格在军旗上边

南昌城头的枪声

人民军队的第一声口令

枪杆子里边出政权

那一朵井冈兰

我登上苍翠的井冈山峰顶
去寻找一朵花的身影

我循着鼓角远去的阵地
去探索一位将军心的路程
身经百战　统领三军
却为什么因一朵花疼痛一生

谁能把一朵优雅的兰花
联想成手持双枪的英雄
谁知道那手持双枪的英雄
才冠三军笔下生风

那一朵井冈兰
是怎样的一朵兰

她不在军长的闺中婀娜
在井冈山的硝烟中傲雨迎风
每一针蕊心都闪动着剑的光芒
每一片花瓣都长进大山的血性

在一个生死存亡的日子
与敌人争夺红军的生命
跟我冲
冒充主力
吸引敌人向我们进攻
保卫朱德保卫毛泽东
保住军部
就保住了红军
保住了中国革命

带着一个未出生的小生命
挥手冲进敌营
任世界百花盛开
谁见过这样震撼的花开
任世间风情万种
谁见过这样动人的风情

一朵怒放的兰花
一朵兰花怒放

披一身刀光弹影
在血肉横飞中穿行
冲锋冲锋
寡必敌众
杀出一条血路
牵住敌人对我围攻

苍鹰折翅
青松断腰
晚霞把天地染成一片血色
她一身血红
站在敌人的枪口前

一桶刺骨的冷水
她在滴血的皮鞭下苏醒

酷刑　酷刑
腹中的小生命与她一同忍受酷刑
多少次在痛苦中死去
多少次在痛苦中醒来
我们难以想象她忍受了怎样的痛不欲生
只知道一个孕妇的血肉之躯
在烈烈炉火中炼成了铁骨钢锭
一朵兰花被一瓣一瓣撕碎
化作一地鲜红

腹中鲜活的小生命
身上插着母亲被剖腹的屠刀
来到这个世界
还没来得及睁开眼睛
看一下血泊中的母亲
没来得及对这个世界啼哭一声
就活活被剁成肉泥

半条皮带

　　成为最年轻的英雄

　　暴风雨过去了
　　军部撤退成功
　　主力安全了
　　红军保住了

　　她的头高高悬在城门上
　　成为一个不朽的永生

　　毛泽东朱德的旗帜漫过了千山
　　漫过了万水
　　漫红了大地

　　今天
　　在那面旗帜上
　　我找到了那朵井冈兰
　　不
　　应该是一朵井岗红

　　她从来未有凋谢
　　一直在军旗上热烈地展示着生命
　　她永远不会凋谢
　　永远永远
　　在军旗上热烈地展示着生命

半条红军被

在一个遥远的小山村
记者见到一位大娘

你能见到红军吗
大娘眼泪汪汪
她要寻找三位红军姑娘
能见到
解放军就是红军
队伍里有很多红军姑娘

那是一个遥远又近在心上的故事
一直温暖着大娘
温暖着那个小村庄

夜沉沉
雨茫茫
悄悄睡去的小村庄
三位红军女战士睡在大娘的土炕上
穷家没有被子
一条红军被盖着三个女战士

半条皮带

娃娃和大娘
挤着 抱着 温暖着
心房紧挨着心房

离别的日子难舍难分
女红军要把被子留给大娘
不行
你们还要行军打仗
前方的路还很长
一条被子又推又让
推来让去
一把剪刀
女红军把被子剪成两半
一半带走
一半留给了大娘

多少个冬去春来
半条被子陪伴着大娘
多少个冬去春来
年轻的大娘头上染了白霜
大娘家早有了新被子
半条旧被子还在大娘心上珍藏

我想你们啊
你们是不是已经血染疆场
今生是否还能见到你们

三位红军姑娘
半条被子温暖大娘一辈子
想起红军姑娘大娘就会眼泪汪汪
不要流泪啊
大娘
你一定能看到想念的红军姑娘
千百个红军姑娘就在咱们身旁
大步走在咱们的队伍上

桥

在我心灵的深处有一条长长的河
河边有一个小村落
在我心灵的深处有一座木板桥
今生今世暖在心窝

那一年　那一夜
急行军来到这个小村落
敌人追兵逼近
没有船只没有桥怎能过河
妇救会主任代表全村拍胸脯
同志们抓紧休息
明天一定送部队过河

清晨的号角吹响在河边
一座木板桥伸向对岸
流血没有流过泪的战士
热泪模糊了双眼
男人们都上了前线
冰冷的河水中站着全村的老人和妇女
肩上扛着自家的门板

同志们快上桥抓紧时间
再不上桥就来不及啦
双脚踏上桥面
眼睛不忍心往桥下看
这是建桥史上没有见过的桥墩
这是世间从未有过的桥梁

挺住
双腿冻僵了也不能打颤
挺住
任凭门板磨破了双肩
扛不动了也得扛
站不住了也得站
白发老人咬破了嘴唇
姑娘媳妇咬紧了牙关
一个班两个班
一个连两个连
一个团两个团
我把滚烫的泪水往肚里咽
老乡啊老乡
你把一支人民的军队扛在肩
我们不胜利谁胜利
我们不向前谁向前

多少月多少年
多少次梦中与她再相见

半条皮带

河边那个小村落
肩上扛着的木门板
今生今世不能忘
山海之恩报不完
今生今世不能忘
山海之恩报不完

党员证

一个党员证
一个红军战士的党员证
我不能用任何语言形容
我不知用怎样的诗句歌颂
在高高的雪山上
风雪中那个党员证

饥饿疲劳寒冷
前有天险后有追兵
寒风刺透单薄的冬衣
大雪模糊了眼睛

那是谁倒下了
耗尽了最后的气息
大雪慢慢覆盖了他的身躯
他就要被掩埋在风中雪中
生命的最后一刻
他伸出一只手
紧握着一块白洋
一张党员证

党员证上也许是他最后要说的话
刘志海
中共正式党员
1933 年 3 月入党

那块白洋是他全部的财产
他最后的党费
那不是一块白洋
那是一份无法计量的深情

把信念和生命一道举起
举起到人类精神的永恒天空
暴雪为一只手雕刻塑像
雪山上有一个红军战士的党员证

雪山冰雕

长征路漫漫
雪山白茫茫
有人冻死了
像一尊冰雕坐在路旁
上天怕他冷
用漫天雪花一层一层给他絮着衣裳

首长气愤了
军需处长
快喊军需处长
为什么不给这个人发棉装

报告
他就是军需处长
他把棉装都发给了别人
自己的被子也给别人披上
他穿的是最单薄的军装

首长沉默了
慢慢举起右手

一个长长的军礼
面向军需处长

敬礼
突然一声高喊
全体战士举起了右手
一个长长的军礼
面向军需处长

一尊冰雪雕成的塑像
军需处长穿着最单薄的军装
永远留在了雪山
留在了　长征路上

军需处长——
军需处长——
你穿着最单薄的军装

半条皮带

班长我不饿
我不饿
班长我不吃饭
留下我的皮带
一条皮带已经剁下一半
小战士哭着拉住班长的胳膊
班长的眼睛湿了
全班的眼睛湿了
班长我们不饿
今天我们不吃饭

军事博物馆的展台上
静静地卧着半条皮带
讲述着一个长征路上的故事

风雨的长征路
饥饿的长征路
茫茫草地粮草断
没有野菜可下肚
有人饿晕倒下

半条皮带

部队没有力气走路

皮带
煮皮带可以充饥
一条皮带一大锅汤
飘着牛肉的香气
晕倒的战士苏醒了
部队行军有了力气
那是世上最美的肉汤
万里长征的美味独具

战士们轮流解下自己的皮带
这一天轮到了你
班长喊过小战士
他的眼泪已经湿了军衣
班长
这是我第一次参加战斗的战利品
我要扎着它走出雪山
走出草地
只要还有一口气
就坚持到底
我要和它一块欢庆胜利

半条皮带留下了
小战士在上面刻下三个字
长征记

半条皮带记下了金沙江
记下了铁索桥
记下了雪山草地
记下了小战士的眼泪
记下了印满弹痕的军旗
长征胜利了
红军胜利了
长征记
我们永远不要忘记

不要忘了那个桥

不要忘了那个桥
怎能忘了那个桥
一次生死攸关的冲锋
一个命悬一线的飞桥
说是桥
只有十三根铁索凌空跳
大渡河边人喊马嘶
两万大军只有一叶小舟浪尖上摇
江水轰轰隆隆咆哮
怪石恶浪丈余高
鬼神站在江边也心惊肉跳
后有追兵机枪大炮
前有堵截桥头碉堡

架桥　架桥
十万火急架桥
怎么架桥
骡子下水都往回跑
红军是什么军
红军战士的铁骨就是一座桥

看
二十二勇士冲上了铁索
全团的司号员一起吹响了冲锋号
腰缠手榴弹
身背大片刀
抓住那根寒彻骨髓的铁索
把一条命悬在了天地之间
以手当脚在铁索上疾跑
冒着敌人的子弹疾跑
向着对面喷火的碉堡疾跑
抓紧那根铁索啊　千万要抓紧
二十二条命在那铁索上悬着
三军将士的命在那铁索上悬着
那是怎样熊熊燃烧的激情啊
那是怎样惊心动魄的号角
四个英魂埋进了滔滔巨浪
十八条活着的命架起了一座桥
十八条活着的命铺出了一条道
冲啊
三军如排山
冲啊
三军如海倒
每个人都是一把冲锋号
在北岸的熊熊大火中吹响
红军飞过了大渡河
红军飞过了泸定桥

半条皮带

红军红遍了华夏

九百六十万平方公里

大地吹响新号角

今天

长征继续在路上

红军在十三根铁索上举过的红旗

传到我们手里

不要忘了我们从哪里来

不要忘了一路上那铮铮铁骨

那鲜活血肉搭成的桥

你从硝烟中走来

——致东北抗联老兵李敏

你从十四年硝烟中走来
足迹印在风雪兴安岭
你从饥饿严寒中走来
生命经历过九死一生
十二岁的眼睛怎么会有仇恨
只因面对侵略者的狰狞
祖国流血的灾难
让一个女孩儿成了兵

青春在密营中跋涉
信念在战斗中长成青松
九十五岁依然笔直挺拔
我们看到了革命人永远年轻
今天你挥手远去
追寻那年倒下去的英灵
擦拭着他们的血迹
一路响着战斗的歌声

乌河绝唱

乌斯浑河日夜翻滚的波浪啊
你是悲苍还是雄壮
你是在垂泪还是在高唱
你就这样日夜对我们讲
讲你承载的那段故事
讲那流满河鲜红的热浪
讲你带走的八位姑娘

我站在江边久久远望
滔滔江水流向远方
波涛声中
我又听见鬼子的枪声大作
又看见勇敢战斗的八名女兵
指导员一声令下
同志们开枪
一齐开枪
掩护主力突围
把敌人火力引向我们的方向

打光了最后的子弹

面向对岸主力部队集体大喊

不要管我们

保住手中枪

不要管我们

赶快突围保住手中枪

敌人追上来了

后退可以活命

面前一条寒江

宁可死亡

决不投降

是谁负了伤

是谁又负了伤

刚刚生过宝宝的指导员

也许还想再看一眼襁褓中的孩子

13岁最小的战士也许还想再喊一声爹

再叫一声娘

流血的伤口还没有包扎

来不及了

什么都来不及了

手挽着手肩并着肩

投进滔滔巨浪

涛声染红了河面

染红了夕阳

没有来得及向家乡的山河挥挥手
没有回头望一眼曾经战斗过的地方
河水中留下八个女军人的背影
东北抗联的八位姑娘
乌斯浑河上一曲最美绝唱
汇入百年红流
流向心向往的远方

飘雪的森林

——谨以此诗献给抗日英雄赵一曼

下雪了
我又想起你
你知道吗
我总是会在下雪的日子里想起你
对上天祷告
不要让森林太冷
你缺少御寒的棉衣
要忍受零下三四十度的严寒
潜伏在古老的密林里

我总是盼望春天早些到来
多长出一些野菜为你们充饥
部队又断粮了
多雪的季节
草木早已干枯
只能啃草根树皮

你为什么要跨越万水千山
不惧艰险来到这里

半条皮带

你可以远离战争
你的家乡四川离东北数千公里
你可以平静地享受玉食锦衣
你的家庭很富裕

只因你是一名共产党员
地下党组织派你到小兴安岭营地
拉起队伍
对日本侵略者展开抗击

骑白马的女政委
你是一团火
你是一面旗
战士们跟随你英勇杀敌

血肉横飞　枪林弹雨
鲜血开路
生命铸旗
你的队伍名扬千里

我总是在下雪的日子里想起你
想起你被捕后血淋淋的遭遇
牢狱
日寇的牢狱
地狱
阎王的地狱

威震四方的女政委
其实是身材瘦弱的书香女
一个水做的女人骨肉
要对抗魔鬼钢铁的刑具
皮开肉绽　骨折筋断
健康的双腿再也不能站立
人可以不怕死
但
共产党员感受疼痛的神经
与普通人无疑

我不知道魔窟里有多少刑具
多少刑具也不能击倒你
世界顶尖的刑具电刑椅
从大海对岸魔鬼的老巢搬到这里
专门为了对付你
小说家不忍心描写
我也不敢想象坐在电刑椅上的你
散乱的头发遮住你惨白的脸
殷殷鲜血一层一层湿透军衣
骨肉已经烧焦
心还在挺立
挺立

直到生命最后一息
在去往刑场的路上

半条皮带

你用歌声举着一面战旗
红色的旗　永远高举
誓言我们将永远前进
来吧监狱断头台
这就是我们告别的歌曲
高高的举起　这面红旗
立下庄重的誓言
卑怯者趁早离开
我们将誓死捍卫红旗

红旗歌
战斗的旗

又下雪了
我在飘雪的森林寻找你的足迹
在大山的风中追逐那面战旗
歌声又响起
我在歌声里看到了你

那一夜我嫁给了你

那一夜我嫁给了你
成了你的妻
那一夜
我们依然是战友
篝火旁唱起露营之歌
白桦汁是甘甜的喜酒
用美丽的野花编成喜字
红包皮是最流行的红盖头
首长要我们学习马克思和燕妮
战友祝我们相伴到白头
我被幸福醉倒
羞红着脸伏在你宽阔的胸怀
多想就这么紧紧相依
紧紧相依不松手
不　不行
清晨我们去战斗
相互匆匆回眸一笑
热血在硝烟中奔流
那一夜不是匆匆而过
是我们今生今世的天长地久

每天都在牺牲
那一夜定格在心头
最后一刻你喊着我的名字
听到了　我听到了
我要踏着你的血迹向前走
向前走
我的丈夫
我的战友

啼血百灵

孩子不该流血
他们是人类美丽的希望
孩子不该有牺牲
他们应像花儿一样开放
可是有这样一个孩子
她是这样让人痛在心上

有人说她是一朵金达莱
因为她是朝鲜族小姑娘
有人说她是一个含露的花蕾
动人的美丽还没来得及开放
我更想说她是一只小百灵
甜美的歌声传遍四方
她能唱得草木落泪
她能唱红夕阳的霞光
唱得战士高喊口号
流着热血保卫家乡

侵略者刺刀插进村庄
小百灵失去了疼爱她的爹娘

半条皮带

十三岁的女孩成了战士
为了和平天天歌唱

百灵鸟唱歌有什么罪过
那一天小百灵被鬼子吊上木桩
单薄的衣衫怎经得住皮鞭的疯狂
一个血肉之躯的小小姑娘
每一鞭都是皮开肉绽
每一鞭都是痛彻心房
孩子啊
你怎么能够挺得住
不喊一声爹
不叫一声娘
难道你是铁做的吗
刚刚十三岁的小姑娘
一鞭又一鞭
鞭鞭血在淌
每一鞭都抽碎我们的心
每一鞭都痛断我们的肠
只剩下最后一口气了
对着敌人痛骂
你哪里来的力量
一个孩子的眼中放射出仇恨的光
鲜血让她学会辨别残暴与善良
小百灵的子弹上了枪膛
血肉模糊的歌声把冲锋号角吹响

每一个音符都滴着血
每一滴血都滴落在我们心上

小百灵
这不是你最后的歌唱
你睁开眼睛再看一看
我们都愿作疼爱你的爹娘
睁开眼睛再看一看吧
你的歌引来世界多少惊诧的目光
啼血的小百灵
这不是你最后的歌唱
我们在你的歌声里
迎接最美的朝阳

菊花与将军

一朵花开了几千年
依然在秋风中绽放
一位将军在烽火硝烟中
倒在这片山岗
他那最后圆睁的双目
定格成大山的倔强
将军
赵尚志将军
这里是你战斗过的地方
在秋菊怒放的季节里
我们来到这片山岗
来到你的身旁
在这里赏菊咏菊
我们更是来朝拜你的铁骨铮铮
菊花仰天高唱
大地寒风飞扬
你那面战旗在我眼前挺进
你那支号角在我耳边吹响
那年的枪炮声震动在我心房
那双露脚的靰鞡

不知埋在了何方
你热血浸润过的山岗
飘满菊花香
一片锦绣遮盖在
你倒下去的地方
你的鲜血染红了菊的根土
菊的秋歌因此而艳压春芳
你的铁骨长进菊的风骨
菊因此而敢于傲雪迎霜
菊的花瓣是你鲜活的血肉
菊的风韵是你的热血情长
这里是你战斗过的地方
今天
我们站在秋风里
把这片菊的花海颂扬
让我们敬一个举手礼吧
将军战斗过的地方

冰雪达子香

山岗上达子香开了
冰雪捧起她美丽的脸庞
她挣脱盖压在身上一冬的严寒
迎向渴盼了久久的春光

有一个美丽姑娘离开了爹娘
在漫天风雪中走上战场
用女儿的血肉之身去挡住钢铁炮口
身边开着一片达子香

有一群美丽姑娘离开村庄
在深山老林搭起营帐
用鲜红的热血筑起了不倒长城
就像达子香开在冰雪上

战火烧毁了她们的红装
一身军服满是弹孔刀伤
她们总是散乱着一头乌发
没有时间梳妆

十四年
十四年硝烟终于散去
家乡开遍了红艳艳的达子香

那个没有梳妆的姑娘
是否在梳妆
那个没来得及出嫁的姑娘
是否已经出嫁
那个想念爹娘的姑娘
是否见到了爹娘
没有
都没有
她们早已静静地倒在山岗上
化作一片达子香

就让她们悄悄地睡吧
美丽姑娘
就让她们悄悄地睡吧
依偎在家乡的山岗
每当春风开始吹化冰雪的时节
我们会来到这里拜谒这片
美丽的达子香

祭东北抗联烈士

小兴安岭的苍松啊
多想再为你挡一次风雨
皑皑无边的白雪啊
多想再为你遮盖脚印一行
露脚趾头的靰鞡头啊
多想再为你暖一暖冻伤的双脚
满山遍野的草根树皮啊
多想再为你充一次饥肠
东北抗联的将士啊
你的大营在哪里隐藏
东北抗联的兄弟阿
你的鲜血留在了这片土地上
十四年
你的脚印印满山岗
十四年
烈烈军旗累累弹伤
你的篝火还在我心中闪亮
你的怒吼还在林间荡漾
不会忘你用血肉之躯挡住敌人的子弹
不会忘你那倒下去的悲壮

不会忘那一页带血的历史
不会忘你那最后的目光
东北抗联的兄弟啊
你的军歌永远嘹亮在这片土地上

卢沟桥的石狮子

为了寻找那个远去的年代
我从北方来到卢沟桥边
两排石狮子在秋风中默默不语
披一身岁月沧桑弹痕斑斑
那一年石狮子看到了什么
至今还直直地圆睁双眼
与狮子的双眸久久对视
我远望到那年的滚滚硝烟
枪炮击碎清晨梦乡
铁蹄踏破美丽田园
浓烟弥漫了长空
狮子烤红双眼
山河在燃烧
长城在呐喊
号角在狮子身边吹响
旌旗在茫茫大地漫卷

愤怒的烽火
不屈的血肉

夺回田园
夺回蓝天
夺回孩子的书桌
还给母亲久违的笑脸

检阅的队伍走过天安门前
70年钢铁步伐世界震撼
阳光洒一地金色流苏
桥边百花正笑得灿烂
石狮子还直直地圆瞪双眼
警惕地遥望那早已远去的硝烟
我默默肃立向狮子致敬
把它的双眸收藏在心间

谨以此诗献给著名抗日将领冯仲云和他的妻子老地下党员薛雯。

（冯仲云和薛雯都是江苏省武进人，当年受中国共产党派遣到东北组织抗日，薛雯回老家送孩子，被捕，后来夫妻失掉联系，十二年生死不明，直至抗战胜利。冯仲云是东北抗日联军第三军政委，赵尚志为军长，曾在鹤岗周边一带战斗过。）

十二载生死守望

男：多少人刚才还在高喊冲锋
　　多少人转瞬化作一片鲜红
女：多少人天天用生命争取和平
　　和平来临倒在黎明
男：我不知道下一分钟是否死去
女：我不知道你是活着还是已经牺牲
男：隔着兴安岭的枪林弹雨我把你遥望
女：隔着江南水乡的沉沉夜幕我把你遥望
男：血火硝烟中的十二个春夏秋冬
　　天天都是九死一生
女：六千里山河遮不断六千里思念
　　双眸留在遥遥抗战征程
男：松花江风雪中匆匆告别

岂容侵略者横行猖狂
女：在孩子脸上印下一个吻
　　　你说长大又是一个抗战好儿郎
男：你安排好孩子早返程
　　　我们并肩丛林举刀枪
女：你说这次分别也许是永别
　　　为抗战而死是我们的荣光
男：分别来不及流泪
女：松花江记下了两双坚定的目光
男：你踏上南下的列车
　　　我投进了雪野茫茫

女：我找到上海地下党
男：我在深山老林筑起长城长
女：我被敌人关进铁窗
男：关不住一颗心天天北望
女：亲爱的　你在哪里
　　　大江边还是篝火旁
　　　身边又倒下了多少战友
　　　你受了几次伤
　　　身上有多少热血啊
　　　一遍遍洒在母亲胸膛
　　　零下四十度严寒
　　　你的双脚已经冻伤
　　　大雪地露营
　　　用什么把风雪遮挡

男：部队早已断粮
　　草根树皮成了干粮
　　春天的桦树汁是我们甘甜的美酒
　　编一首战歌歌声嘹亮
　　战斗间隙我拿出你的照片
　　在大树下跟战友们显显我的妻多么漂亮
　　我也毫不掩饰想念年幼的儿子姑娘
女：可是你还不知道
　　你期待的抗战好儿郎
　　他已经去了天堂
　　对不起
　　我忙于革命
　　没有照顾好我们的儿郎

男：风沙遮断了山河
　　遮不断心的方向
女：我多想飞出铁窗
　　背回倒下的战友
　　我多想化作一团纱布
　　为你和战友包扎擦伤
男：战火中没有鹊桥让我们相聚
　　梦中总是枪炮声轰响
女：两颗心在烽火弥漫中遥遥守望
　　十二个春秋就像过了一辈子一样

男：当胜利的红旗插上山岗

　　　　欢呼声沸腾在每一个胸膛
女：在分别的松花江畔
　　　分别了一辈子　我又来到你的身旁
男：真的是你吗
　　　我不敢相信眼前的景象
　　　眼睛擦了又擦
　　　双腿沉得像两个灌满的铅桩
女：是我
　　　亲爱的　我还活着
　　　你也活着
男：十二个春夏秋冬啊
　　　只有军人才懂得战火中的十二载
　　　路有多长
　　　只有革命者才懂得
　　　战火中十二载的分量
女：身边多少人倒下了
　　　我们还活在世上
男：相聚没有流泪的情话
　　　唱一首祭歌留在走过的路上
合：唱一首祭歌留在走过的路上

江　姐

线儿长　针儿密
含着热泪绣红旗
一曲绣红旗
让我们记住了你
红岩上红梅开
千里冰峰脚下踩
一支冰峰上的红梅
让我们仰望你
你是丹娘的化身
你是苏菲娅的精灵
你就是你
你是中华儿女革命者的典型
渣滓洞的难友们这样赞颂你
每当想到你
我眼前总布满你的颜色
每当想到你
我总被你的颜色包围
被代表你的那两个字包围
红色
你多么喜欢红色

多么渴望自由
多么向往陕北那片唱着红色战歌的土地
可是
你却留在黑色的天空下
留在白色的恐怖里
你留在敌人的心脏里
每天在虎口中来来去去

人们只知道你有一个温馨的家
却不知道你的家装着重庆地下党
人们只知道你是个秀雅的女子
却不知道你肩上扛着挺进报
扛着重要地下交通线
二十几岁青春年华
大家都尊敬地称你为姐
江姐
一个革命的姐

那一天
你猛一抬头
目光撞到城门上血淋淋的人头
你是用怎样的力
压下一个妻子井喷的悲伤
痛碎了心　痛断了肠
疼痛的泪水只能在心里流淌
把泪水化作刀　化作枪

化作战斗的力量
走上华蓥山
接过老彭拿过的枪
举起暴动队的战旗
同志们　跟我上

一个粉粉嫩嫩的女子
每天在血里火里淬炼
炼成铁　炼成钢
淬炼成一团烈火
在战场烈烈燃烧
在渣滓洞牢房同样闪亮
魔鬼们白白地吼叫吧
魔窟啊颤抖吧
那看一眼就让人胆战心寒的刑具
怎么能征服一名共产党员

一个血肉之躯
一个女儿之身
痛
怎么能不痛
彻骨地痛
心被扯碎了
身体被扯碎了
灵魂还高喊着
毒刑拷打

那是太小的考验
竹签子是竹子做的
共产党员的意志是钢铁

东方的朝霞已划破了夜空
北京的蓝天下已经升起了五星红旗
你渴望朝霞
渴望见到那面红旗
站在渣滓洞的刑场上
你遥望红旗升起的地方
大声喊着中国共产党万岁
中国共产党万岁

枪声
一抹鲜红喷向天空
为了那面红旗
你流尽了最后的热血
遥望远方
你看到了吗
你一定看到了
看到了那面升起的红旗
你一定看到了
那上面有你的鲜血
那上面有你
那红旗上面有你
有你

乳汁啊乳汁

最后一尺布用来缝军装
最后一碗米用来做军粮
最后的老棉袄盖在了担架上
只剩下最后一口气
跑来救命的娘

渴
渴
他怎么能不渴
身负重伤
倒在沂蒙山岗

鲜血浸透军服
染红了八路军臂章
昏迷不醒的战士
身边没有一滴水能挽救他的生命

一双农妇手托起他的头
解开温暖的怀
一滴　一滴　一滴

甘甜的乳汁滴进他干裂的口
从咽喉流入每一条血管
温暖了每一根神经
他醒了
睁开眼睛

妈妈
一张慈祥的脸
就是他在褪褓中看到的
妈妈那张慈祥的脸
一双温存的眼睛
甜甜的是妈妈的乳汁

他躺在一个农家嫂子的怀中
像妈妈一样温暖的怀
嫂子给了他又一次生命
妈妈
他多么想叫一声妈妈
给予生命的人就是妈妈
一滴咸滋滋的泪落下来
又滴入心中

他活了
一天一天地活了
躺在沂蒙山的石冢里
野草为他搭起屏障

半条皮带

妈妈的乳汁唤醒了他
爸爸为他杀了下蛋的鸡
从此一只鸟妈妈
每天衔着食物喂到小鸟嘴里
躲过野兽的眼睛
穿越雨淋雷击

他活了
能站起来走路
他活了
又成了一个战士

面对沂蒙山
他要高喊一声妈妈
举起右手向沂蒙乳汁敬礼
背起钢枪冲锋去

再过十五年　又是一个刘胡兰

生的伟大
死的光荣
一个响亮的名字刘胡兰
一位最年轻的共产党员

云周西村的大庙前
沧桑老树头垂腰弯
你自白不自白
不自白
给个金人也不自白
不自白就是死
怕死就不革命
怕死就不是共产党员

魔鬼
魔鬼
魔鬼附身的复仇团
寒光闪闪的铡刀
鲜红的血
六个铡落的人头滚到面前

半条皮带

十五岁的姑娘
眼睛不眨
脸色不变

大步走到铡刀前
看一眼家乡的水啊
看一眼家乡的山
看一眼父老乡亲
请不要为我泪水涟涟
咕咚一声自己倒在铡刀上
再过十五年
又是我一个刘胡兰
刽子手颤抖了
乡亲们转身捂住脸

云周西村下雨了
暴风骤雨呼啸在父老乡亲心间
云周西村下雨了
血债要用血来还
刘胡兰　刘胡兰
倒在铡刀下
立在天地间
一个十五岁的英雄
她的故事代代相传

妈妈　我在笑（歌词）

我没有倒下
妈妈我在笑
站在血火硝烟中
我在笑
站在炸焦的阵地上
我在笑
捂着被炸烂的肚子
我在笑
只剩下最后一口气
我在笑

我没有倒下
妈妈我在笑
没来得及给你寄
一张照片
你会听得见你能
看得见
再听一听那鸭绿江的
波涛吧
再看一眼江东三千里

半条皮带

大地
那是我在笑
那就是我在笑

我没有倒下
妈妈我在笑

亲爱的　我来了

亲爱的　我来了
亲爱的　我来看你
心在刀刃上走过 70 个 365 天
我终于来了
梦里寻她千百度的鸭绿江
我来到她的对岸
泪眼回望江面上被炸残的断桥
仿佛在仰望你被炸得血肉模糊的身躯
是的　那就是你的身躯
我想走遍三千里江山去寻找你的影子
不　我不需要走遍三千里江山
每走一步都能看到你的影子
美丽的风景
悠闲的人群
每一个和平生活的镜头都有你的影子
那是你用被炸烂的头颅
用鲜红的热血换来的

让我摸摸你
摸摸你的脸

摸摸你曾吻过我的唇
冰冷的石头把你雕刻成坚强
雕刻成一尊青春
是的　你那么年轻
你的新娘还没来得及孕育爱的结晶
你对我说要出一次远门
没有说奔赴前线
我正在生病
你不舍得让我为你担心
我不知道那是今生最后的告别

你是开国领袖的儿子
可是从未有过享受的日子
二十几岁的生命写满磨难
八岁随妈妈坐牢
亲耳听到妈妈倒在识字岭的枪声
本该是无忧无虑的年纪
眼睛却装满血泪伤痛
饥饿　棍棒　凌辱
与弟弟流落街头
爸爸的爱给了全天下的受苦人
他只有在梦中才能
用一颗疼痛的心抚摸你的头顶
异国土地上你在艰辛中长大
终于迎来五星红旗升空
刚刚在阳光里绽开笑脸

朝鲜半岛的枪炮一声号令
雄赳赳气昂昂跨过鸭绿江
穿上军装
冲进滚滚硝烟中

每一天都在生与死之间往返
每一颗心上都写着随时准备牺牲
我每天急切地期盼着对岸的消息
又恐惧地躲避对岸消息
忽然有一天
一声炸响
炸碎了爸爸的心
他已经牺牲了14位亲人
你又写上了第15个名字
他是开国领袖
也是一位父亲
不能像别的父母那样大声哭喊
流血的心忍着剧痛
爸爸没有让你回家
你与你的数十万战友躺在一起
永远留在他们之中

我不敢想象你被炸毁的面容
不敢想象刹那间你最后的疼痛
70年了
你的灵魂是否一直在想念家乡

70年了
你在天堂是否已经与爸爸重逢
就让他把藏在心里的泪水都哭出来吧
那样会减少一些疼痛
你的塑像不是用石头雕成
有你的血肉　你的体温　还有你的心灵

你美丽的新娘已经老态龙钟
今天在这里与你重逢
你张开口对我说一句话吧
一句就行
只说一句就行

山河记得

向我开炮
向我开炮
这一声呐喊
感天动地
这一声呐喊
惊撼鬼神
这不是个传说
是一个真实的故事
这不是个虚构的人物
是一个真实的英雄
他不叫王成
他的名字叫蒋庆泉
在抗美援朝战场
这样的故事很多
在祖国安全受到威胁的时候
中华大地这样的儿女很多

七十年了
涛涛的鸭绿江水还记得
七十年了

残臂的断桥还记得
七十年了
九百六十万大地的山河还记得
七十年了
全中国人民还记得

一九五零年的中国
刚刚抖落战争的硝烟
一身疲惫
满目创伤
突然　一个血盆大口向我们张开
美帝十六国联军攻进朝鲜半岛
第七舰队入侵台湾
飞机轰炸我东北边疆
一个疯狂的声音叫嚣着
鸭绿江也不是不可逾越的
战火燃烧到家门
怒火燃烧着胸膛
周外长愤怒了
毛主席愤怒了
全国人民愤怒了

谁敢横刀立马
唯我彭大将军
雄赳赳气昂昂
跨过鸭绿江

保和平卫祖国
就是保家乡

血火中的三千里江山
与我们山水相连
唇齿相依
首批二十五万志愿大军踏碎严寒
直奔对岸
美帝联军高厚度现代化陆军
高厚度现代化海军
高厚度现代化空军
还在世界上方高高亮着手中的王牌
——原子弹
中国没有先进武器
更没有原子弹
却有一身骨气
一身勇敢
英雄的儿女
拿着破旧的枪炮
穿着全国人民捐的棉衣冲上前方
冲上黄草岭　冲上九峰山
冲过清川江　冲过长津湖

刀枪相见云山城
以血肉之躯与钢铁坦克肉搏
松骨山抱住敌人滚下高山

半条皮带

衣服上写着随时准备牺牲
马良山打退敌人七十二次进攻
英雄的连队只剩两人守住阵地
以胸口堵枪眼不止一个黄继光
青春染红上甘岭
十八万不屈的生命写就板门店签字书
写成中国从百年屈辱走向尊严

从此
中国在全世界面前站起来了
中国人的头在全世界面前昂起来
七十年世界变了
中国的骨气未变
在纪念跨过鸭绿江的日子里
那些为中国写下尊严的人
牺牲的和未牺牲的
向他们致敬
向志愿军精神致敬
他们就是中国的骨气
他们就是中国的脊梁
山河永远记得
我们永远怀念
我们永远永远怀念

老战友我想你们

战友
亲爱的老战友
我想你们啊
天天都在想
我活着回来了
你们却永远留在了那片土地上
让我怎么能不想

70年了
今天你们终于回来了
从鸭绿江对岸
一步一步向祖国走来
一步一步向我走来
每一步都重重地踏在我心上
摩托车为你们开路
仪仗队抬着你们红色的灵柩

眼睛模糊了
我看不清你们的样子
心却清晰

半条皮带

清晰地印着你们那年的模样

你们那么年轻

我也那么年轻

我们都那么年轻

年轻得不知道什么是害怕

为了爹为了娘

我们不上谁上

没有流泪

没有多想

告别爹娘

挥手故乡

高唱着雄赳赳气昂昂

我们跨过了鸭绿江

没有时间喘一口气

摆开战场

端起破旧的枪

面对16国联合大军

精良武装

天上飞机狂炸

地上坦克轰响

我们没有

这些我们都没有

只有一排排勇敢的胸膛

举着手榴弹与坦克肉搏

射飞机用身体架起机枪

已经记不得了　我们中
有多少个不叫黄继光的黄继光
胸膛堵枪眼
已经记不得了　我们中
有多少个不叫王成的王成
双手紧握爆破筒跳入敌群中
记不得多少人死死抱住敌人滚下山岗
同归于尽
记不得每次战斗倒下了多少好弟兄
上甘岭第一次战斗下来
我就当了排长
只因全排只有我一个人活着
猫耳洞里没有水
我们喝尿
冬天一口雪一口炒面当干粮
数十万战友的生命
还有我们鲜红的血
换来了板门店的签字书
屈辱了100年
我们为祖国打了胜仗

亲爱的战友
我们走的时候没有流泪
今天也不会悲伤
我们用血用命为祖国争得了荣光
中国人在世界之林挺起了胸膛

亲爱的老战友
我想你们想了70年
今天你们终于回到祖国的土地上
眼睛啊不要流泪
让我们再合唱一遍那首战歌吧
雄赳赳气昂昂
跨过鸭绿江
保和平　卫祖国就是保家乡

寄一个笑容给妈妈

涛涛鸭绿江水是否还记得
朝鲜的高山大地是否还记得
那个中国的志愿军战士
想寄一个笑容给妈妈的新兵

战斗在激烈进行
前方粮食告急
他与指导员押运十八车军粮
十六车被敌人炸成碎片满地
指导员已经牺牲
他押着受伤的最后两车
到达烽火前沿

他脸色惨白
趴在米袋子上护着
一只手抓着袋子的一角
血殷红了袋子
殷红了洒出来的米
他似乎停止了呼吸
听到战友的呼唤

半条皮带

动了动眼睫毛
他睁开了眼睛
嘴里发出一个微弱的声音
宣传干事
快过来
快给我拍个照
拍一张我在笑的照片
替我寄给妈妈
他艰难地皱着眉头
颤抖着站起来
两手捂着被炸烂的肚子
努力地想笑一下
鲜红的血从指缝向下流
可是
他没有来得及笑一下
照相机还没来得及对着他举起来
轰然间
他扑倒在地
再也没有站起来
他生命最后的愿望是
让妈妈看到他在笑

妈妈
我在笑
你看到了吗

站在血火硝烟中
我在笑
站在朝鲜被炸焦了的土地上
我在笑
捂着被炸烂的肚子
我在笑
妈妈　我没有倒下
我在笑
妈妈　你看到了么
我在笑
我在笑

半条皮带

祖国接你们回家

热血留在了朝鲜三千里江山
集体成为中华青史的一道回声
不忍心回望你们那还有些稚气的面容
血肉之躯成为祖国的钢铁长城

那年　强盗火烧家门
刚刚走出战争硝烟的祖国母亲
满目创伤　一身疲惫
你们拿着破旧的枪炮走进风雪
母亲含泪目送你们跨过鸭绿江
雄赳赳
气昂昂
热血被仇恨点燃
青春是一支冲锋号
被硝烟吹响

为了挡住国门外的烈火
为了保住那一条波浪宽的大河
你们用胸膛堵住敌人的枪眼
咬紧牙关忍住燃烧弹烈火烧身

双手深深插进泥土
直到生命的最后一分
雪地埋伏
全团静静地冻成冰人
打瞎了双眼还在战斗
打断了胳膊还在冲锋
用热血洗刷了中华百年耻辱
在你们倒下去的生命中祖国站起来
在你们的血肉横飞中
中国人民在世界昂起头

时间定格了你们浴血厮杀的身影
历史把你们雕刻成一座丰碑
你们在鸭绿江东岸长眠了七十年
今天
祖国接你们回家
五星红旗迎你们到国门
回来了
你们从鸭绿江对岸回来了
再唱一遍那首战歌吧
挥手曾经枪林弹雨的战场
不要流泪啊
我们的父老乡亲
亲一亲家乡的土地吧
亲一亲久别的亲人

来到那风吹稻花香两岸的大河边
掬一捧大河的水
忘没忘家乡的水有多甜
再听一遍那艄公的号子吧
再看看那船上的白帆

祖国接你们回家了
共和国不屈的英魂
致敬
为祖国赢得尊严的你们
高山肃立
大河扬波
九百六十万平方大地向你们敬礼
十四亿人民向你们敬礼
敬礼　敬礼
史册刻下你们的青春

初　吻

一个战士从阵地上抬下来
流着血
只剩下最后的体温
女护士用纱布为他擦拭伤口
战士脸色惨白颤抖着双唇
他似乎想要说什么
发出几乎听不到的声音

是想要再看一眼妈妈的白发
还是想要再牵一下姐姐的衣襟
是想再望一望村口的小路
还是想回到家乡的小树林
女护士俯下身子
把耳朵贴在他的嘴唇
听见一个微弱的声音
一个年轻战士最后的声音
我就要离开这个世界
这辈子还没有吻过
吻过任何一个女人
看着战士惨白的脸

半条皮带

一个即将离去的血染青春
女护士的脸也变得惨白
也微微颤动着双唇
嘴凑近战士的耳朵
奄奄一息的战士听到一个
最最温柔的声音
你就会得到一个女孩子的亲吻
一个女人的初吻
女护士双手托起战士的头
用火热的唇凑近战士的唇
在干枯的没有了一点血色的唇上
印上一个深深的长长的吻

战士慢慢闭上了眼睛
嘴角现出一丝微笑
似乎炫着美丽的温存

矿山遗产

你已经走了很久很久
你已经离我们很远很远
但是你一直都没有离开矿山
你留下的钎子头还在井下大干
有人说那个钎子头是你留给矿山的遗产
你的青春一直留在我们身边

那是1949年
破碎的山河在擦拭未尽硝烟
多少城市的烟囱等着冒烟
多少钢铁高炉看着矿山
一座废墟在召唤
采煤工人的口号和大汗
满足不了四面八方的期盼
普通工人李庆轩
是心血来潮还是深思百遍
你要搞一项发明
把一座大山压上了自己的肩
你要发明一个钎子头
让工人的力量翻几番

半条皮带

没有一张参考的图纸
大脑就是你的资料来源
没有一分钱投资
那堆上锈的破铜烂铁陪你做试验
你忘记了日出日落
不知道黑天白天
大女儿呱呱坠地
只匆匆看了一眼
一遍一遍试验
没完没了地熬煎
有时候你真想退却
回到妻子温暖的胸前
可是怎么也搬不走那座大山
它已经把你深深压在下边
喘不过气还得喘
一个小火星
梦想燎原

没法计算花费了多少心血
奇迹发生时却泪流满面
药壶式掏槽钎子头诞生了
一片欢呼响遍矿山
你躲进深深矿井
搂着煤壁呜咽
运煤车轮加速飞转
那个钎子头走遍中国矿山

昂首挺胸走出国界
受到兄弟国家的矿山工友称赞
一九五零年十月一日
你登上天安门观礼
看到你
中国人看到了一个新中国的新矿山

你已经走了很远很远
可是你一直没有离开矿山
谁说那个钎子头是你留给矿山的遗产
其实你才是矿山真正的遗产
一个工程师的名字李庆轩
一代一代在矿山流传

丰　碑

一九七〇年达子香打蕾的季节
鹤岗矿山一朵孕育了五年的奇花绽放
一座现代化大型竖井
挺起建井工人胸膛
天轮在蓝天上旋转
飞雪为她披一身洁白的盛装
自己设计　自己施工　自己装备
我们迎头把世界先进水平赶上

五个年头的花开花落
勘察的足迹印满山岗
五年是清晨挂在树梢的月亮
五年是深夜窗口不灭的灯光
五年的心血是什么颜色
化作一张宏伟蓝图展现在桌子上

没有大型设备
没有高级工匠
自己制造大型金属井架
是不是痴心妄想

七队工人们说
我们有一颗红心两只手
刀山敢上　火海敢闯
工人就是诸葛亮
喊一声　我们上
就像战场上冲锋一样
三十个日夜啊
一个庞然大物神奇现身煤矿

井架起立是最激动人心的日子
新一矿立井架的恐慌还留在心上
那天十几个外国专家现场指挥
立到中途井架变型走样
今天现场的外国人是实习生
把鹤岗建井英雄仰望
助强的钢丝绳一米一米地拉长
每个人的心都提到嗓子眼上
一米　两米　三米
一百米　两百米……
立起来一个惊人的辉煌

四个小时的紧张
爆发成雷鸣般掌声的海洋
外国实习生竖起大拇指
指挥的中国专家热汗默默流淌
月进六十七点五米竖井井巷

月进二百六十三米岩石大巷
井下铺轨日进五百米
这些数字都是建井英雄的脚印
留在竖井建设的史册上

矿山人用不屈的骨骼
铸成一座丰碑
像高山的青松一样挺拔高昂
一座独立自主　自力更生精神
铸成的丰碑
像兴安岭一样巍峨雄壮
南山竖井是一座不朽丰碑
矗立在共和国煤矿的青史上。

冬古拉玛妈妈

我是冬古拉玛山口的风
最熟悉你的面孔
从一朵绽放的春花
我陪你到布满风霜
我是冬古拉玛山口的野草
最熟悉你的马蹄
你一寸一寸
一遍一遍把这片土地丈量
我是冬古拉玛山顶的白雪
最熟悉你的花头巾
无论多大的风雪都不会让我失望
总会看到她向我飘来
布茹玛汗·毛勒朵
中国新疆
冬古拉玛山口护边员
一匹马
一只狗
104公里绵绵边防线上
当年
美丽的柯尔克孜女郎

风沙早已改变了你的模样
几十年护边脚步一如既往
边防战士心中的冬古拉玛妈妈
几十年你从未离开我的身旁

你熟悉我身边的每一块石头
你熟悉我身边的每一群牛羊
你几十年忠诚地守护
这里没有一个过境事件发生
你没有多少文化
不会喊忠贞报国的口号
但是
你知道什么是边境
什么是国家
你坚守
这是中国的领土
每一寸都不容侵犯
每遇到一块合适的石头
你就坐下来刻上两个大字
中国
人们给它起个名字
中国石
一年又一年
已记不清你刻了多少块中国石
在冬古拉玛山的河谷山坡
每走一段路就能看到一块中国石

这些石头就像忠诚的边防战士
与你一同守边护疆
几十个春夏
几十个秋冬
冬古拉玛山口的边境线
已成了你的血脉
在你的血管里流淌
在你的心上流淌
冬古拉玛妈妈
你就是一条庄严的边境线
坚守在祖国的边疆

前世今生

我愿是你最后的血
化作的那朵花
我就是那朵花
你的铁骨是我
如针的花蕊
你最后的目光
是我秀美的花瓣
你嘶哑的呐喊
是我红色的种子
定要代代相传
你倒在旧世界的枪口前
我绽放在新时代的阳光下
你是我的前世
我是你的今生
你没有倒下
手中那面红旗
还飘扬在蓝天下
你没有倒下
从南湖出发的那颗心
我还双手举着她

那年
天下乡亲为你遮风挡雨
今天
我要开成百姓心中最美的花
你的胸腔被枪林弹雨穿透
我的身躯决不让
温柔之乡的毒箭击垮
你用热血洗染过的山河
颜色不会变
你风雨中起航的方向
不会偏
我是你的血脉
一但流淌就不会断
我要做最好的传递者
让前世的你笑傲九天

血肉相依

没有你哪有我
我来到这个世界就是为了你
我是一粒种子
你是泥土是大地
只有植根在你的中间
我才能开花结果绽放美丽
你的幸福是我的目的
我一直都在为你的明天努力
你的柴草房
你的庄稼地
你生产的每一颗螺丝钉
你被汗水浸湿的工衣
你的微笑
你的泪滴
时时都在我心里
也会有狂风
也会有暴雨
狂风暴雨冲不散我和你
不会忘记
我不会忘记

你的南瓜粥小米饭把我养活
你用肩膀扛着木门板搭成的长桥
把我送过河去
你用独轮小车帮我推出
三大战役的胜利
你摇着木帆船载我穿过枪林弹雨
不会忘记　我不会忘记
我不会走着走着丢掉你
我们骨肉相连
所以不离不弃
我们血肉相依
所以不会忘记
我来到这个世界就是为了你
失去你
我的存在就没有意义
你是水
我是鱼
你可以没有我
我不能没有你
你明白不明白
你就是我的唯一
我和你
血肉相依　不离不弃
血肉相依　不离不弃

往　事

往事没有随风飘远
往事不在旧梦中朦胧

往事在硝烟中涌动
有呐喊声
有枪炮声
往事在鲜血中流淌
有倒下去的青春身影
有不屈不挠的眼睛

往事在他们满身伤疤上留音
在他们身体里一块块的弹片上疼痛
在他们苍老的眼神里定影

往事是母亲啼血的泪
雕刻成墓碑
我们该用什么化作纸钱
祭奠
该用怎样的方式把碑上的字
念给子孙听
亦或印上他们的心灵

记 住

——写在南京大屠杀公祭日

长长的笛声响了
提醒我们要记住

记住十二月十三日
就记住了三十万同胞的尸骨
记住南京城横飞的血肉
就是记住中华之痛
记住
记住九一八的枪声
就是记住沦为奴隶的耻辱
记住
记住义勇军进行曲
就是记住那血火之路

记住
记住老虎凳辣椒水
记住烧红的烙铁烧焦的胸脯
记住灭绝人性的细菌
记住万人坑累累白骨

记住那些活埋的生命
记住那些　被割下的头颅

记住
记住风雨中哭啼的老母亲
记住那些被掠夺的宝物
记住深山里的草根树皮
记住鲜血换来的签字书

记住
八月十五日以后还要记住
记住　不是为了仇恨
记住　为了不再重复
记住
一定要记住
七十年
八十年
一百年　还要记住

南湖的红船

那年的红船
还静静地停泊在南湖之畔
向世界展示着在这里张起的
那面红色风帆
像一首波涛汹涌的史诗
庄严地大写着一九二一年
不平凡的一九二一年
历史从那时点燃
红船载着一束航标灯的光明
船头划破夜的黑暗
十二颗心跳动着
全天下受苦人的心
十二个喉咙喊出
全天下饥寒交迫奴隶的呐喊：
不要说我们一无所有
我们要作天下的主人

中华大地闪烁着五十多颗火种
五十多颗激情燃烧的心
托起南湖的红船

半条皮带

一个主义传华夏
一杆红旗威风展
那一年
南湖的红船劈波斩浪开启航线
那一年
千万劳苦大众向旧世界宣战
南湖的红船啊
从此风里浪里跟着你
呼你喊你追着你的红帆
血里火里跟着你
九死一生心不变
前仆后继跟着你
一心去打出一片天

从南昌城头的枪声
湘赣秋收的火把
到巍巍井冈大山
从延安窑洞到抗日烽火连天
从百万雄师过大江
到神五神六上天
从五十几颗火苗
到九千万猎猎火焰
旧世界早已被打得落花流水
地是一片崭新的地
天是一片崭新的天
男女老少十四万万

浩浩荡荡还跟着你的红帆

从风雨中走过来

我们不怕风雨

从血泪中走过来

我们不畏惧热血淌干

最担心天边还有乌云转

最担心乌云还想遮住天

今天的我们啊

呼你喊你跟着你

南湖的红船

你可要掌稳舵

张满帆

我们跟着你　沿着你开辟的航线

乘风破浪坚定地向前

想　念

你走了　永远地走了
在中华大地留下深深的想念
四十二年的想念有多长
四十二年的路有多远
那一声撕心裂肺的呼喊
到今天泪水还没有擦干
四十二年我们没有忘记
走过风雨更加想念

我们想念安源煤矿那把雨伞
想念划破黑暗的那艘红船
我们想念秋收起义的火把
想念井冈山的红米饭
我们想念延安窑洞的灯光
想念洗过大刀的赤水河边
我们想念雪山草地
想念北斗星的夜天
我们想念西柏坡的会议室
想念天安门城楼"人民万岁"那声高喊
我们想念板门店谈判的签字书
想念联合国五星红旗升天

我们想念人民扬眉吐气的春风满面
想念歌声飞扬的建设场面
我们想念自己造的第一辆汽车
想念自己造的第一艘万吨大船
我们想念长江大桥
想念蘑菇云那朵紫烟

那年跟着你黑手高悬霸主鞭的农奴
四十二年还把你留在心间

你走了
我们知道你还深深挂牵
你的挂牵连着中国大地
你的挂牵连着我们的泪眼
我们想念
我们永远永远想念
你把人民比作天比作地
人民把你比作太阳
振臂高呼你
有了你
中国的人民扬眉吐气
你走了
人民想念你
毛主席
毛主席
我们想念你

他的月亮圆没圆

八月十五月亮圆了
看着一窗星光灿烂
一家老小围坐赏月
各种水果装满大盘小盘

我的月亮圆了
你的月亮圆了
你是否想到他的月亮圆了没圆
谁说他不想有个家圆月圆

为了让家家的月亮都能圆
他的月亮分成了几瓣
一瓣留在了湘江之畔的刑场
一瓣随他上了井冈山
一瓣留在了朝鲜战场的烈士陵园

一路风雨
一轮明月挂在天安门前
天下人的月亮都圆了
他的月亮永远分成了几瓣

月光美丽了九百六十万河山
我们看到他欣慰的笑脸
可是你不知道
他还有几滴泪没有流出来
偷偷咽进心里边

我们的月亮圆了
他的月亮缺了

再一次呼唤你

看到雪花飘飘
就想到了你
你在飘雪的日子
离我们远去
十里长街的泪水
四十四年还流在我们心里
十里长街的人群
四十四年还在呼喊
周总理　周总理
我们不想离开你

看到天安门前威武的铁师
就想到了你
南昌城头枪声响
你举起了第一面八一战旗
周总理　周总理
多想让你再睁开眼睛看一看
今日的军队让世界惊奇
想到万水千山就想到了你
危难时刻推举毛主席

你为红军点亮北斗星
你为红军举起一面旗
想到延安窑洞就想到了你
吃红米饭穿粗布衣

看到天安门城楼就想到了你
看到人民大会堂就想到了你

想到日内瓦的万国宫
就想到了你
你是一个智慧的闪光点
新中国精彩完成了以五大国身份
在国际政治舞台首次出席

看一眼西花厅的海棠就想到了你
你为祖国建设日理万机
看一眼西花厅的灯光就想到了你
一双为人民操劳的眼睛彻夜不息
总理啊总理
你歇歇吧
全国人民都心疼你

听到清风就想到了你
你就是清风涤荡世间污泥
两袖空空　没有存款
你是泱泱大国总理

没有子女

全国人民都是你的子女

没有墓碑

你的墓碑树在人民心里

看到高山就想到了你

你就是高山

看到大地就想到了你

你就是大地

周总理　周总理

你在哪里

你在祖国的江河里吗

你在祖国的土地里吗

祖国的山山水水

都让我们想到你

周总理　你知道吗

四十四年了　我们一直把你留在心里

人民的好总理

让我们再一次呼唤你

周——总——理

这个秋天

为什么这个秋天很温暖
因为你来到我们身边
为什么这个秋天很感动
你说三江平原是中国的饭碗
万顷稻海翻着金浪
你走进无边稻花间
一句"了不起"
概括三江的沧桑巨变
一挥手
为我们画出一幅追梦的画卷
绿色的粮仓
绿色的菜园
绿色的厨房
还有一条美丽的丝带飘在大平原

一份沉甸甸的责任放在我们的肩
一份光荣写上我们的脸
一份信任激动着我们的心
一份挑战摆在面前
掬一捧稻香立下誓言

三江一定捧出个金饭碗
把香甜的米饭装得满满
背起当年大开发的行囊
捧着三江人无畏的肝胆
这个秋天我们再出发

为复兴大业备粮草
我们是征战部队的先行官
向着一带一路的目标
梦从现在开始圆
耕种美好的希望
让远方的田野金浪连绵
在共和国神采飞扬的明天
向全国人民交一份金色的答卷

等你等了二十八年

女　我不是胡杨树
　　不想站着等你三千年
　　我不相信有来生
　　不想与你来生再续缘
　　我是一个妻子
　　只盼今生你早点回到我身边
男　等了一年又一年
　　盼了一年又一年
　　从满头青丝桃花面
　　等到褪尽了红颜
女　二十八年是历史的一瞬间
　　却是我的一百年
　　我不知道你去了哪里
　　你切断了所有亲朋的通联
　　你的名字从此在人间蒸发
　　只有我默默把你留在心间

男　你不能问我在作什么
　　我不能说在搞什么实验
女　我只能猜测

你去的地方在天边
漫漫大漠
荒无人烟

男　我肩上压着千斤重担
一边挑着人民的期盼
一边挑着祖国的尊严

女　我多么想陪着你追赶星星
追赶月亮
哎——
我知道你总是不知疲倦

男　可是　那一次实验你一点不知道
你也不可能知道

女　没有爆炸的核弹头掉落地上
你不顾一切进到试验区
你不能去　你是他的设计者
难道你不知道
你的生命有多重要吗

男　正因为我是设计者
必须我去　只能我去

女　你从试验区里跑出来的时候
手里拿着核弹碎片
你知道有多少双含泪的眼睛看着你吗

男　这一切你都不知道

女　但我也许能猜到

男　一天又一天
女　每天都用颤抖的心期盼
男　一天又一天

女　突然有一天
　　一声巨响
　　一朵蘑菇云升上蓝天
男　那一刻世界瞩目
　　那一天举国狂欢
女　二十八年我没有流泪
　　那一天我的泪水整夜无眠
　　二十八年没有人知道你是谁
　　我是谁
　　只有我在那朵蘑菇云里看到了
　　一个科学家的名字邓稼先
男　还有一个科学家的妻子
　　在痴痴地盼

男　我回来了
女　拖着二十八年的疲倦
　　真的吗　稼先
　　你真的回到我身边么
　　抚摸着你曾经的一头乌发
男　已经雪花漫天
女　回来就好
　　回来就好

半条皮带

    从今天开始我们相依相伴
    安度晚年
男 我也想再陪你二十八年
    补上我对你的亏欠

男 可是　可是
    上天没给我们留那么多时间
女 什么
    癌症晚期
男 只剩不到三百六十五天
女 那我就紧紧握住你的手
    一刻不松陪你走完最后的时间
男 可是　工作
    我必须抓紧最后的时间工作
女 工作
    病床上你一天也没有休息过
男 一直工作了三百六十四天
女 我等你等了二十八年
    你就这样匆匆地又走了
    你是一个科学家
    可是你也是个丈夫啊
    邓稼先
合 这次你真的去了一个地方
    在天边
女 让我再一次遥望那朵蘑菇云吧
合 你一定在那骄傲的紫烟间

推开你的木板门

推开你的木板门
看到你的满头白发
想起那年的老房东
茅草屋里的老爹老妈
夜里老妈为我们盖被子
战场老爹为我们抬担架
姐姐把新婚的被子盖在我身上
我的血湿透了被子上的百合花
嫂子用乳汁把我喂活
饿瘦了自己的小娃娃
大婶一针一线为我们纳鞋底
大叔在枪林弹雨中
推着独轮小车帮我们打天下

五星红旗映红了大地
今天我又来到你的家
看着你被霜雪染白的头发
眼中噙满泪花
我想捂热你干裂的双手
我要温暖你柴草的家

半条皮带

把你的手臂伸给我
幸福生活不能把你落下
把你信任的目光投给我
牵着你的手 咱们共同
走进复兴的华夏

风雪中又相见

想呼唤你
又不知你是否已离我走远
梨花舞低了山峦
玉蝶迷乱了小村
风打窗棂声声
你裹一身鹅毛雪花入门
我捧出昨日的老火盆
你用热碳把火盆装满
握住我沾满泥土的手
细细打量我的苍凉
风雪中又相见
原来你没有与我走散
还是那双眼睛
还是那个眼神
还是那风尘仆仆的热情
还是那样问寒问暖
不怕风雪大
你来了　我就暖
把手伸给你不再心酸
你来了

半条皮带

就是为了我
跟上你穿越风雪
前方　是绿色的春

共和国长子之歌

我骄傲

我们是共和国长子

我自豪

我们与新生的祖国一同启程

那年新中国刚刚从旧世界走来

风尘仆仆百废待兴

高炉等着点火

机床等着转动

列车等着奔驰

电机等着发动

中国急需插上翅膀

中国必须腾飞

我们是长子

我们是长子

共和国长子首先站出来挺胸

煤炭矿工

恢复建设矿山是先锋

心跳如兴安岭松涛击打胸膛

热血像龙江水一般汹涌奔腾

千斤万斤重担扛在肩上

心似烈火日夜兼程

矿山是一只不知疲倦的矿灯

我们挺着脊梁为祖国负重

为人民负重

是我们第一次喊出大战红五月的口号

五月的大生产运动

从此成为一个传统

每年的五月

全国工人都把大干的战鼓擂红

矿山开足了马力

新矿工个个勇猛

乌金滚滚

飞越千山飞越长城

大江南北左西右东

为马达鼓足了力量

为炉膛点燃了激情

在新中国火红的岁月里

不要问我们捧出了多少血汗

不要问我们献出了多少弟兄

爷爷父亲和我

矿山忠臣的接力棒

传过了三代矿工

摩天大厦穿透云层

潜艇飞船世界最大的海底工程

在中国人民站起来的路上

在中国人民富起来的路上

在奔向复兴大业的路上
我们始终与祖国风雨兼程一路同行
每当九百六十万大地唱起
五星红旗迎风飘扬
我们的心与祖国一同激动
我们与祖国一同泪如泉涌
我们是共和国长子
新中国七十年辉煌里程
我们与祖国一同光荣

如果他们还活着

二〇一九年十月一日
中国举国泪奔
二〇一九年十月一日
中国军队威风凛凛
党旗　国旗　军旗
天安门前一支支钢铁方队徐徐行进
一座钢铁长城　一支钢铁之军
一颗颗心快要跳出胸口
一双双眼睛热泪滚滚
东方雄狮醒了
我们来了
中国人
一支支钢铁方队
是我们骄傲的胸膛
中国　轰轰烈烈行进在
世界民族之林

陆军方队　海军方队　空军方队
15式主战坦克　直-20直升机
东风-17常规导弹　长剑-100巡航导弹

东风-41核导弹

一座钢铁之林

一座科技之林

铿锵步伐惊愕了世界

一个个崭新的威名也翻开记忆

震痛了我们的心

在这轰轰隆隆的进行曲里

想到了他

想到了他们

想到了杨靖宇弹尽粮绝

牺牲在深山老林

想到了马占山的弟兄们拼死抵抗

还是没能保住松花江大桥

想到了驻守卢沟桥29军的士兵们

想到了圆明园的守园人

想到了王伟

如果

如果他们还活着

如果无数革命先烈还活着

如果无数爱国前辈还活着

他们一定会挥泪奔向天安门

奔向阅兵广场

紧紧抱住一尊尊大国重器

疯狂亲吻

多少次梦里千呼万唤

多少年望眼欲穿

他们挥手对广场上涌动的人群大喊
我的血没有白流
为了这一天　值了
如果有来生
还做咱们中国的人

情怀扩大多少倍都装不下
我们的自豪
胸膛扩大多少倍都装不下
沸腾的心
为了这一天
多少人倒下了
不
他们没有倒下
为了这一天
他们一直在中国人的队伍里前行
我们来了
中国的接班人
我们与先烈们
与前辈们
一同高喊今生无悔中国人
如果来生再选择
还要做咱们中国人

你还巡航在祖国的蓝天

仰望天空
祖国的天空晴空万里
我寻找着寻找着
想再看一眼你那架飞机
我想你一定还在祖国的天空里
我苦苦盼着你的归期
想要告诉你
今天我们有了自己的航空母舰
有了自己的三代机四代机

那一年　那一天
这些我们都没有
你驾驶的飞机
比人家落后二十年
那一年　那一天
那架傲慢的美国飞机
进入我国南海的空中领地

必须守住南海空中大门

中国旌旗不能落地
不要说
我们还没有先进科技
不
我们有底气
你要用你的方式勇敢迎击
来不及向妻子作一声道别
来不及给孩子一个亲吻
来不及留恋人世间的一切
你只能最后看一眼祖国大地
那山　那河　那些人
那么熟悉
因为早已装在心里
谁说你驾驶的是一架落后的飞机
你开足了生命的最后马力
那是世上最无敌的战斗机
你向侵犯祖国的飞机冲去
冲去
轰然一声相撞
火球粉碎
烟雾中没有伞花落地
你化作一道彩虹飞去

空中回响着这样的呼号
81192 号已经不能返航
你们继续前进

你们继续

科研人员失声痛哭

扑向那架傲慢的飞机

他们向大地宣誓

向蓝天敬礼

他们要继续

要沿着你的呼号继续

你年轻的生命化作

他们跑步前进的动力

十几年

中国空军

抢占了科技高地

我苦苦地盼望

盼望一个叫王伟的空军飞行员

我在等待你的归期

想要告诉你

把这含泪的一切告诉你

我知道

你还巡航在祖国的蓝天里

焦裕禄

回来呀
你回来呀
乡亲们扑到他的坟上
双手深深抠进黄土
喊地哭天
清明节
十几万百姓又来到他的坟前
个个嚎啕大哭
泪流满面
挤歪了墓碑
挤倒了栏杆
焦书记　焦书记
你是活活为俺们兰考人民累死的
我们怎能不心疼
怎能不想念

焦裕禄
县委书记的好榜样
百姓心中的好书记

看到披上了绿装的沙丘
就想到你
看到连绵起伏的防风林
就想到你

风沙啊风沙
兰考的第一大害是风沙
拔树倒屋　填井堵河
毁庄稼
你迎着风沙来到兰考
顶着浑天大风查风口
追风源　走农家
研究出翻淤压沙的好办法
号召乡亲栽树　种草
让沙丘长出好庄稼

洪水来啦
洪水又来啦
淹了一百个村庄
淹死三十万亩庄稼
你迎着洪水来到兰考
冒着大雨蹚着水追寻洪水去向
拄一根棍子去踏
从黄河故道　跨过县　穿过省
亲眼看到水入河道在哪儿
弄清了全县的千河万流

淤塞的河渠
阻水的路基涵闸
带领乡亲们挖沟清沙
七季绝产的赵垛楼挖了七十二条沟
秋天雨季
暴雨九天连下
不怕　不怕啦
破天荒丰收喜到家
昏暗的小油灯
放倒的凳子
你就着炕沿总结
赵垛楼治涝战法
将全县沟河排兵布阵
为农田保驾

二十六万亩盐碱地
不长寸草
你踏着白茫茫一眼望不到边的
盐碱地
来到兰考
一上任就骑上自行车到百姓中请教
开座谈会
挨家挨户跑
你住进养牛屋
与老饲养员彻夜长唠
深翻压碱

打埂躲碱
就地刮碱
盐碱地必须治好
与乡亲们一道栽下泡桐树
一年一根杆
两年粗如碗
三年能锯板
要把所有能载泡桐的土地都载上
你用手顶着阵阵肝痛
在兰考大地上奔跑
在生命的最后阶段
还惦记着试验的泡桐苗
最后一次到老韩陵试验场
看到埋条出土的桐苗
忘记了自己的病痛
连说　好　好
那是你与桐苗的诀别
那是你最后挥手兰考

你走了
其实你一天也没有离开兰考
我们一天也没有离开你

看到成林的泡桐树就看到了你
看到纵横有序的沟河就看到了你
看到丰收的庄稼就看到了你

思念的泪水一直流在心里
你就是那棵高高的泡桐树
深深扎根在兰考
你就是那片片泡桐林
日夜守望着兰考大地

焦裕禄
我们的好书记
人民需要你这样的好书记
中国需要你这样的好书记

最爱干净的人

你知道在我们的城市里
什么人最爱干净
你知道最爱干净人的样子吗
不是帅哥靓女
不是西装的白领
他推一辆大粪车
身背一个粪桶
穿一身怎么也洗不干净的工作服
因为那工作服每天都被
谁也不想闻的气味熏透

五六十年代的北京城
每个四合院一个露天厕所
裸露的粪坑
最原始的劳动
穿小巷钻胡同
他来了
家里最脏的地方就会干净
这院闻闻那院看看
哪里脏了

他就会在哪里出现

不管多脏多乱

他总能打扫干净

肩上的老茧

身上的粪渍

以苦为乐

以脏为荣

谁家的坑浅了溢粪

他默默砌砖

谁家的坑掉进砖头瓦片

他伸进手一块一块往外清

那个院子低洼进水

那个屋顶掀开了

都会及时出现他的身影

不知他是洁神的化身

还是美神的化身

他来了庭院就洁净

他来了城市更美丽

宁愿一人脏

换来万家净

时传祥

城市掏粪工

他成为一种精神

成为一种象征

一九五九年十月二十六日

他走进人民大会堂

坐到全国劳动模范代表大会
主席台中
一九六六年十月一日
登上天安门观礼台
北京市观礼团副团长
万众仰慕掏粪工
时传祥
北京城的一个感动
历史把他永远留在记忆中

在北京劳动人民文化宫前方
在包头市劳模公园
在风景秀丽的龙潭湖畔
我们看到了
又看到他的身影
今天我们见不到拉粪车
背粪捅
我们看到多少个时传祥
从事着最脏最累的工种
为人民服务不分贵贱
最脏最累最光荣

把干净送给千万家的人
你是最爱干净的人

我是中华不变的儿女

仰望天空中五颗星星
仰望血色的彩虹
我总是眼中噙满热泪拥抱你
拥抱你的昨天
拥抱你的今天
我在你五千年的霓裳羽衣里吟诵
在你百年屈辱的泪水里呻吟
在你血火的征程里冲锋
在你七十年铿锵的脚步里骄傲
四十年新的出发
我梦想你充满自信的明天

我是你风雨中的一只蝶儿
是你激情澎湃中的一朵浪花
你是我的血脉
我是你的一滴
我是你亿万分之一的一分子
你是我亿万个分子的集合体
一生下来我就跟着你姓炎黄
我是你不变的儿女

你就是我

我就是你

是血是泪我跟着你

是风是雨你护着我

当我在大地上盛开的时候

不会忘记那是你的万丈光芒

给我的美丽

不知前方的路还有多远

不知路上还有多少荆棘

祖国　亲爱的祖国

我是中华不变的儿女

一颗心永远属于你

中国最美的笑容

走过了漫漫血泪历程
倒下了多少中华精英
一九四九年十月一日
一面五星红旗升起在万里长空
一个伟大的声音世界震惊
中国人民站起来了
滚滚黄河
巍巍长城
华夏大地挺起了胸
从此不再作奴隶
五星红旗是中国最美的笑容
星星在心中闪亮
奇迹在人间产生
卫星上天蘑菇云升腾
骄傲的神船巡视太空
誓看今日中国
谁还敢妄动
但是我亲爱的同胞
请不要忘记
风雨还未停止

航船还在颠簸之中
中华民族依然在最危险的时候
今天
该用我们的忠诚
筑成我们新的长城
捧出一颗跳动的心
一个人就是一座长城
我心跳动的是黄河
我心跳动的是五星
我心跳动的是不倒的万里长城
我是中国的笑容
你是中国的笑容
五星红旗是我们最美的笑容
我们是同胞
我们心连心
在最美的笑容里
前进　前进　向前进
走向中国最美的前程

这个正月

这个正月我们众志成城
这个正月我们与瘟神抗争
有白衣天使
有绿色长城
有十四亿团结的心
有几经风雨的曾经

这个正月有诗相伴
疼痛中响起歌声
我们必胜
中国必胜

诗行为你含泪

顾不得与家人吃完团圆的年夜饭
来不及想一下面临的生命危险
你匆忙穿上白大衣
只因祖国的一声召唤
发热病房一双双期盼的眼睛
把生的希望全部压上你双肩
像抢占上甘岭高地
像飞夺泸定桥天险
这里也是拼死冲杀的战场
虽然看不见硝烟
你是赴死逆行的英雄
与死神展开决战
老妈妈对着上天祈祷
小女儿隔着玻璃门遥看
诗行为你含泪
隔着万水千山
我用诗与你拥抱
多想为你擦一把热汗
防护口罩破了脸颊
接待第一百零一位患者

半条皮带

像第一位一样精神饱满
含泪的诗行为你点赞
含泪的诗行祝你平安
你是白衣天使
是十四亿人的生命线
你平安全国人民就平安
你平安灾患的祖国就平安

我与诗夜夜为你守候
不知归期是在哪一天
当胜利的消息传来
含泪的诗将用
九千九百九十九朵玫瑰
迎接你的凯旋

一座山的回答

问高天什么叫赴汤蹈火
问大地什么叫义无反顾
请听一座山的回答
中国有座　钟南山

列车急匆匆驶进黝黑的夜
八十四岁白衣老将披挂出征
没有机票　没有铺位
只能挤在餐车的角落
你坐着睡觉的样子让全国人民心疼
不要去武汉
不要去武汉
你劝阻人们
而你
却是星夜兼程向武汉急冲
一夜间大武汉沦陷
肆虐着暴雨狂风
毒魔
毒魔
无数个喉咙在呼喊

无数双手伸向天空
时间就是生命
时间就是生命

推开全城的窗户
投来全城的目光
钟南山来了
钟南山来了
不要怕
不要怕
听到了吗
钟院士说了
不要怕
一城恐慌
立刻淡定
你是一座山
你是一座峰
你是一副镇静剂
你是一颗定心丸
还是那个熟悉的身影
还是那个坚定的表情
十七年前那场与非典抗争
全国人民都记住了你的姓名
救命之恩怎能忘
危难之中又见忠诚
你来了

为我们擦干眼泪
你来了
自己却泪水盈盈

分析　研究　隔离　抢救
排兵布阵　向死神展开进攻
把生命托付与你
把明天托付与你
为了更多健康人的健康
你甘愿把自己和死神
关在一座城
生死较量　血肉搏斗
你早已不年轻了啊
还像年轻人一样冲锋
为了九百六十万平方大地的安泰
你拼上八十四岁的生命
中华民族又到了最危险的时候
我们听到了一座山
对祖国的回答
看到了一座山的高峰
战斗还在进行
山上响着战斗的钟声
我们万众一心
向前冲

除夕 夜色里

除夕夜色里见到你
披满身星光
小区门外月如霜
你手捧一个饭碗蹲在大门旁
第一眼看见
真的以为是个乞讨人
却原来你是一位
厮杀疆场的征人　行色匆忙
刚刚下班
刚刚走出监护室
脱下防护装
你该与家人吃顿团圆的年夜饭了
不能啊
须得警惕毒魔潜伏身上
为了小区的安全
为了家人的安康
不能迈过这道门
这就是离家最近的地方

那个熟悉的窗口

熟悉的窗帘
那栋熟悉的楼房
你只能隔着一个小区的距离
就似隔着一条银河遥望
没有葡萄美酒夜光杯
却也似欲饮琵琶马上催
来　亲人们
小区的银河不算宽
举起这个饭碗我与你们干杯
这就是你的年夜饭
她把除夕的夜色照亮

保卫武汉

又唱起
母亲教儿打东洋
妻子送郎上战场
像抗日英雄奔赴烽火前沿
像志愿军雄赳赳跨过鸭绿江
中华儿女的队伍又一次集结
奔赴一个看不见硝烟的战场
一场瘟疫偷袭
大武汉一夜沦陷
新郎洞房吻别妻子
独生女儿跪别红着眼睛的爹娘
八旬院士换上防护服
年轻妈妈放下怀中哺乳的小儿郎
请战书按下血的指印
冲锋号在大江南北
长城内外吹响
我要去武汉
我要去前方
十四亿心脏一同跳动
十四亿血脉一同流淌

医护　军人　志愿者
起兵四面八方
中华民族又到了最危险的时刻
再一次把义勇军进行曲高唱
保卫大武汉
保卫全中国
再一次用血肉筑成
我们新的长城
我要去武汉
我要去前方
众志成城　中华力量
众志成城　胜利在前方

关上家门

关上家门
快关上家门
你没有流泪
我已泪流满面
你把生的希望关在门外
把死的可能留给自己
关上家门
一座城甘愿孤单
为了九州大地的平安
你隔断了祖国的万水千山
关上门与病毒共枕
关上门与死神肉搏
黄鹤楼下千年英雄城
今天关在门内的都是英雄
隔着千里万里云烟
你不知道有多少人挂牵
月光下　我们都在向你招手
你是否看到我的窗口
不想让你看见我流泪
折一支樱花遮住泪洗的脸

你选择了关上家门
你选择了默默孤单
不
你不是一座孤城
你不是孤军作战
白衣天使集结奔向武汉
钢铁长城的队伍开进武汉
四面八方的物资运往武汉
总理亲切的身影出现在武汉
我们在梦中还在呼喊
武汉加油　加油武汉

亲情没有隔断
爱没有隔断
你血管里绵绵流淌的中华血脉没有隔断
英雄的城市武汉
你是被爱包围的武汉
你是全国人民的武汉
我们一直都陪在你的身边
陪你走向春天
关上家门的武汉
我们一直陪在你的身边
陪你走向春天
与你一同走向春天

半条皮带

我是共产党员

我从南湖的红船走来
我举着扎枪大刀走来
我脚上带着牢狱的镣铐走来
我胸口饮着流血的子弹走来
我从雪山草地的连队走来
我从吃草根树皮的深山走来
和平时期共产党员还在不在
危机时刻共产党员还在不在

共产党员
到
我是共产党员
我先来
我为一场瘟疫而来
我为一座城市而来
在镰刀斧头下集结
我从中华九百六十万大地走来
一次新时代的整队集合
我先来

站在人民与死神中间
用我们的命筑起一道防线
再一次举起血染的旗帜
再一次绽放血染的风采

拼杀
为了十四亿生命的安泰

我是共产党员
我先来
必须我先来

我是共产党员
必须我先来

妈妈再见

妈妈抱歉
我就要开拔武汉
没敢当面告诉你
只能远远望着你的窗口
挥手再见
看着窗帘后面你苍老的身影
我也忍不住心酸
但是　来不及心酸
前方瘟疫在漫延
脱下白大衣换上防护服
今天我是一名战斗员
我知道没有我在身边你会孤单
看不见我你会想念
我是你唯一的女儿
你生命的全部挂牵
不忍心让你为我流泪
但是不知道会不会有一天
你因我而泪流满面
如果真的是那样
妈妈你不要为我悲伤

就让你的泪水把全天下
母亲的泪擦干
但愿不要发生那样的事情
但愿　但愿

列车的汽笛已经拉响
车轮就要把我载往前线
再望一眼你孤单的窗口
悄悄说一声
妈妈再见

记住他的脸

记住他的脸
我舍不得与他说再见
我们身边的二十位逆行者
正月里匆匆告别家园
按下血手印
递上请战书
身后是父老乡亲
前方是疫情一线
再与爱人紧紧拥抱一次
再像孩子一样贴贴妈妈的脸
多少窗口从此无眠
直到他归来的那一天
也许那一天他会凯旋
也许这是今生最后一面
他带着微笑
我却泪盈双眼
口罩迷彩服
转身成背影
高高的竖井架向他致敬
南风井目送

他的车队越走越远
我与家乡一同祷告
祝他平安　祝他平安

我与黑龙江一同记住
记住他的脸
我与黑龙江一同记住
记住他的脸

半条皮带

他站在风雪正月天

他站在城市之南
站在风雪正月天
有人说他站成了一道城墙
有人说他站成了一条护城河
挡在疫情危险与城市之间

他就要退休了
也许现在可以不去上班
他就要退休了
每天还认真上班
从瘟疫袭来的那天开始
天天到城南站岗值班
有人说他可以不来
他说我必须来
因为我是共产党员

一车一车的人
一个一个登记
不知哪一个会带来暗流险滩
也是爹妈给的凡身骨肉

随时都有感染危险
他平静地站在病毒与城市之间
站成一条隔离防线
我们仿佛又看到王伟驾机迎敌
看到黄继光胸口堵抢眼
和平时期的镰刀斧头
就在眼前

朋友们掰着手指数日子
家人们每天提心吊胆
远远地隔着玻璃窗
我想招招手
为什么咽喉哽咽
泪水迷住双眼

他站在城市之南
站在风雪正月天
那是今冬最美的风景
生死界线上
站着一位老共产党员

最美头型

今冬最美的头型是什么
齐腰长发
还是飘逸的大波浪
不
都不是

你慢点戴上防护服的帽子
让我再看一眼你的最新头型
你是个爱美的女孩
总是引领时尚发式
上个月你还嫌自己的头型
不够漂亮
说要换个头型
今天真的换了
可是　连你自己也没有想到
竟然换了这样一个别致的头型

把剪下的长发藏进包里
你让我看一张合影
哇

十五位年轻的俊男靓女
清一色溜溜光的秃头
是和尚吗
是尼姑吗
什么时候削发为僧
削发为尼了
不
这是抗新冠病房的医生护士
刚刚剃了头发的合影
为了适应病房工作
选择了这个最简约的头型
不是刑场上倒下的身影
不是硝烟中呐喊冲锋
看着你们的合影
我还是忍不住红了眼睛
年轻人谁不爱一头秀发
鸟儿尚且爱自己的羽毛
孔雀开屏
是为了展示自己的美丽
今天　你不能开屏
但是　我看到了另一种美丽
灾难来临
白衣天使伟大的心灵

你的头型
你们的头型

是今冬最美的头型
让我收藏起这张珍贵的照片
我会记住
记住你们最美的头型

我是警察

风雪中又见他熟悉的身影
手拿大喇叭一遍一遍高喊
我是警察
我是公安
疫情严重　不要乱跑
赶快回家　这里危险

在路口
在广场
在社区
在有人滞留的地方
一遍一遍高喊

一遍一遍劝告人们离去
自己却一直站在那里不怕危险
他是谁的儿子
他又是谁的父亲
他是谁的丈夫
她又是谁的妻子
父母在家里提心吊胆

半条皮带

儿子在家里呼喊爸爸
妻子在家里等待丈夫
丈夫在家里等待妻子
等他回家
盼她回家
他心里也怕
也想回家
但是他不能回家

站在瑟瑟寒风中
雪花落满双肩
一遍一遍高喊
赶快回家
这里危险
喊哑了喉咙
冻僵了手指

我不想说他是一棵青松
因为他是一个有血有肉的人
但是此情此景
我们不禁会想起青松
会想起一片一片过往的松林
哪一次灾难来临
他不是集结队伍横刀阻拦
哪一个危险时刻
他不是挺身而出

挡在百姓前边

平平常常的日子里

有的长期扎根基层

数十年如一日守候在百姓身边

守候着日出日落

守护着一方平安

有的深入打击犯罪第一线

长途跋涉　夜以继日

将犯罪分子缉捕归案

有的连续作战　浴火抢险

伤痕累累　无悔无怨

多少次的危险都是他冲在前面

最难忘那一次

恶魔把枪口对准一个群众

他高喊一声

我是警察

冲我说话

恶魔扳机扣动

年轻的警察一腔热血染红蓝天

怎能忘那些疲劳过度

倒在岗位上的一个个生命

怎能忘那年非典漫延

他们日夜在卡点值班

冒着生命危险

一个个安检

二十几个小时

半条皮带

三十几个小时不下火线
人哪　都是血肉之躯
常常要当作钢铁使唤
他们一直在为我们奉献
得到的却不都是鲜花和点赞
也有误解
也有指责　抱怨
常常要吞下委屈　不作争辩
悄悄咽下一滴泪
照常为指责他的人站岗值班

想起他们那些过往的故事
似乎都很平凡
可是仔细想一想
年年岁岁他们是怎么做到
时时刻刻守在我们身边
只要听到那一声喊
我是警察
惶恐的心立刻觉得平安
他是百姓的挡箭牌
他是人民的安全线
和平时期流血最多的人
用热血和生命践行
对党忠诚　服务人民
执法公正　纪律严明

风雨中又见他蓝色盾牌

又听见

我是警察

我是公安

心疼地看着他的背影

我手中没有玫瑰没有紫罗兰

就让我采一朵雪花吧

她悄悄无声　圣洁高雅

让我把她献给你

人民警察

危险时刻我总会想到

那一声高喊

我是警察

我是公安

婚期如约

他们没有忘记婚约
没有忘记
二月二十八日
一个相约美好的日子
红地毯　玫瑰花
举杯　盛装的朋友亲戚

刚回到老家
刚想抚摸一下妈妈的白发
刚想试穿一下红嫁衣
手机响了
一条信息
武汉告急
她是护士
他也是护士
通知　抗疫前线需要你

对不起妈妈
对不起父老乡亲
我也不想就这样匆匆再见

但是
我必须去

再见　黄浦江畔　仁济医院
我来了　黄鹤楼　雷神山

一样的口罩护目镜
一样的战袍防护衣
没有花前月下的缠绵
匆匆一眼对视
是我们最热烈的亲昵

监护室
看不见硝烟的阵地
吸痰　打针
补液　生活护理
把对彼此的爱送给
每一双渴望生的眼睛
投入地爱一次忘了自己
面对死神忘了自己
唯有二月二十八日没有忘记
相约的日子降临阵地
这一天　战斗还在继续

要不要推迟
今天战斗还在继续

不
他说我要如约而至
她说我在相约的日子里等你
就在这里
就在这里
我们不下阵地
婚约如期
玫瑰如期
九省通衢最浪漫的婚礼

证婚人党委书记
证婚人院长
证婚人驰援队长
证婚人副院长
所有的
所有的白衣天使都是亲朋好友
所有的
所有的住院患者都是伴郎伴娘

一束鲜花
谁说只有一束鲜花
监护室走廊地面
是他们最另类的婚礼地毯
全雷神山医院是他们的结婚礼堂
不
他们的结婚礼堂是
九百六十万平方大地

大江南北　长城内外
十四亿宾客
遥望这场阵地上的婚礼

两身防护服
是这世间最美的婚纱　礼服
脸被遮得严严实实
我们还是看到了护目镜口罩后面
是两张最美的面孔
最美新郎最美新娘
最美婚礼
昆仑山太阳神鸟衔来春光
南海白浪滔天　拍岸贺喜
武汉千株腊梅挂起红纱幔帐
长白山顶献上满山白雪
祝你们长相守到白头
江南塞北遍地白口罩
那是美丽的白蝶翩翩起舞
祝你们地久天长
一条条信息
是一份份美丽的贺礼
向你们致意
向你们致意
十几分钟盛典
全世界最精彩的婚礼
天使的阵地婚礼
全世界最精彩的婚礼

我在春天里等你

我在春天里等你
等你安全归来
脱下防护服　换上白大衣
脸上写满春的色彩

我在春天里等你
等你从家里出来
迈开久违的脚步
我们拥抱在春暖花开

我在春天里等你
等一场春雨降临　万物醒来
等一场姹紫嫣红　百花盛开
等一场诗的盛会　举杯开怀

多想再看你一眼

长江水为你唱起挽歌
珞珈山为你捧上白绫
黄鹤楼的思念默默无声
我看到
英雄的白衣天使站在高高山顶

你的生命染红了满城樱花
战斗的喊声留在荆楚长空
顽强的雄鹰战胜了风暴
你的眼睛那么深情
大地在呼喊
英雄无回声

白衣天使
白衣天使
从来还没有看到过你口罩后面的脸
你只给我们留下了一双护目镜后面的眼睛
这双眼睛点亮一盏盏心灯
为我们驱赶夜的黑暗
你从死神手里拉回一个又一个绝望的生命

半条皮带

自己却拖着疲惫去了遥远天边
一声长笛哭碎了所有的泪
多想再看你一眼

多想看看你摘下口罩的脸
多想再看你一眼
多想再看你一眼

送　别

送别的队伍泪洒长街
痛哭的的人流汇成河流
七尺男儿当街下跪
老人孩子给你磕头
追着你的车队
喊着你的名字
驰援天使
驰援天使

梅园哭了
樱花哭了
武汉哭了
手捂住了脸
捂不住热泪涌流
不能与你拥抱
我要一百次向你招手
倾城向你致敬
白衣英雄
他日来武汉
必当涌泉相报

半条皮带

今天
你终于完整转身
我揪着的心已被泪水盈满
来的时候
你不知道还能否回去
是抱着赴死的决心来到我们身边
舍了自己的命抢救我们的命
忘了自己的命保护我们的命
我们手挽着手
度过了多少个忐忑的日日夜夜
生命相托
生死相伴
世上到哪里还能找到这样相照的肝胆
谁说我们素不相识
谁说我们没有血亲相连
当大难来临
忽然明白
我们从来就是一条血脉
血肉相依
骨肉相连
钢刀劈不断
风浪打不散
我们从来都流在同一条血管
风雨之中见亲缘

你就要走了

多想再看你一眼
你知道吗
我还从来没有见过你的脸
只是把你一身防护服戴口罩的样子
定格在心间

你就要走了
多想再嘱咐一遍
来日风雨散尽
阳光灿烂
一定再来武汉
那一天我要仔细看看你的样子
记住你的脸
你是人世间最美的天仙

你的车队越走越远
带着我的泪眼
何日来武汉
何日来武汉
我在樱花树下等你再相见

归　来

归来
你终于归来
我不知该怎样迎接你的凯旋
是用鲜花还是泪水
一个紧紧的拥抱
还是用拳头狠狠捶打你的前胸
早早等候在城市南大门
站在早春的寒风之中
你走的时候我忍住了眼泪
今天却为什么泪如泉涌

多少次掰着指头数日子
多少次从梦中惊醒
你驰援出征
我度日如年
梦中全是口罩的白浪
心中总是防护服的身影
你终于从魔鬼身边归来
本应该为你请功
可是我不想为你请功

只想你能安全完整
你是赴死逆行的英雄
可是我不想称你英雄
只想回到从前的日子
平静从容
我知道你很疲惫
但是你含着泪水的微笑
确是一缕春风
你回来
春天就回来了
你回来
心就落地不再悬空
当泪眼与泪眼对视
我相信你真的回来了
走出了恶梦
你像个孩子一样扑我而来
是真的
你真的从前线安全归来
我不是做梦
不是做梦

我在樱花树下等你

我在樱花树下等你
等你归来
樱花开了
香馨满怀
就像你的体味
醉了我的心怀
你说樱花盛开的时候就会归来

武汉本不该有雪
那一季　黄鹤楼的天空却飘起了雪
白了天空
白了两河三镇
白了荆楚大地
我知道那不是雪
却寒冷了挂红灯笼的季节
一个通知
你放下还没吃完的年夜饭
吻别孩子
拜别老母
来不及给我一个拥抱

匆匆走进夜色
消失在隔离的玻璃门内
像遥望铁索桥上冲锋的背影
像遥望鸭绿江边前进的背影
像遥望洪水中倒下去的青春背影
我默默望着你的背影
你未穿军装
分明看见　你与他们的背影一样
一样的让人热血奔涌
一样的让人举手致敬

玻璃门内的走廊遮住了你身影
我的心狼烟弥漫
看不到你连续工作十几个小时
的样子
看不到你被防护帽刮伤的脸
我真想化作一块毛巾
为你擦干全身大汗
用我的爱吻走你所有的疲倦

武汉的夜这么寒
天亮得很慢
你是否还守候在患者床边
还是已经倒下化作了泰山
我与全城的心一同等待
等待一树的樱花盛开

半条皮带

春天来了
樱花开了
我来到樱花树下
痴痴地等待
我已望穿泪眼
你为什么还不归来
你还欠我一个拥抱
欠我一个拥抱啊
我站在樱花树下痴痴等待
把自己等成一地落花
一片泥土
一缕云彩
等成今生的痴心不改
我站在樱花树下
等你归来
等你归来

我在南风井等你

我在南风井等你
不论哪一天是你的归期

来不及亲吻一下小儿女
匆匆回望一眼黑土地
你的队伍开拔孝感
天仙配故事的发源地
为了千万个董永和七仙女
的生命
你迎着死神的方向驰去

大雪落满了家乡的
公路　山脊
我的心也落进丝丝凉意
目光追着你的车轮渐渐模糊
不知为什么
又把早已远去的记忆拾起

门诊室里常常见到

半条皮带

你那能抚慰我心灵的双眼
还有你的听诊器
走廊里闪过你的白大衣

抢救室里那个刚从死神身边
回来的人
睁开眼睛第一个看到的就是你

在医院走廊你摔倒在地
还用双手高举着患者血样的托盘
宁可摔折骨头
也不肯腾出一只手支一下水泥地

那个突然大口喷血的病人
喷了你满身满脸
你忙着抢救顾不上清洗
那可是个传染病患者啊
你为什么不离不弃

又不知为什么事
一个患者家属对你拳打脚踢
你忍着委屈
头缠绷带又出现在诊室里

除夕夜的病房
你端着自己包的饺子

一口一口喂进患者嘴里

不经意的往事已成碎片
像雪花一样飘去悄无声息
今天
寒风中送你远征
又把落在时光隧道的雪花
一片一片拾起
每一片都是我的泪滴
一滴一滴敲痛心底

我一天一天数着日子
一片一片数着天上的雪花
盼望你的消息

当你满载春光归来的时候
我一定早早到南风井等你
搀扶着你的老母亲
手牵你的小儿女
捧一束最美的鲜花
献给你
不要流泪
不要流泪
我们紧紧拥抱在一起
吻一口久违的黑土地

吸一口家乡的新鲜空气
环视一下家乡的山山水水
遍地盛开的鲜花都向你致意

注：南风井，人们对鹤岗进市区南大门的称呼

窗 外

清晨
拉开窗帘
春天被寒流挡在山外
隔着玻璃窗看到
梅花依然如期盛开
正用她的美丽驱赶阴霾
隔着玻璃窗听到
鸟儿依旧鸣唱天籁
用动人的旋律呼唤春天到来
早来　晚来
春天终归会来
走出灰色的梦
翘首不远的路上
风中花香正渺渺飘来

明天清晨
我会推开关闭已久的窗扇
把第一缕春光迎进来
推开关闭已久的窗扇
把思念多日的花香迎进来

然后跑出家门
躺在昨天的草坪上
仰望蓝天
云依旧洁白
放眼大地
草依旧青青
河水泛着清波
暖风扑满怀
深吸一口芳草的气息
轻吻一朵春花的新蕊
阳光与昨天一样
幸福与昨天一样
似乎什么都没有改
只是
心多了一些故事
多了一份对母亲的依恋
更懂得了母亲的情怀

千古一跪

十里相送怎能不感天动地
三叩九拜长跪不起
自古跪天跪地跪父母
今日长跪送别你
你来的时候义无反顾
回去却为什么泪哭决堤
看见你的时候
他的生命已经挂到悬崖
今天他早早到这里等你

摩托队请慢慢引导
你的队伍就要离去
他还不知道你的姓名
还没有看到过口罩后边的你
但他知道你双手的温暖
知道你眼神的力气
当父母也无能为力的时候
第二次给了他生命的人是你
救命之恩怎能忘
千古一跪也难谢你

半条皮带

你是谁的兄弟姐妹
是哪双父母的儿女
为了湖北的千百条生命
不怕把他们抛弃
忍住恐惧穿上战袍
从那一刻开始
忘记了自己
他们把生命交给你
你把自己的命交给天地

十里长街向你致意
十里泪眼不忍离开你
你还没顾上去登黄鹤楼
你还没来得及看樱花
明年春风绿柳里
欢迎你欢迎你
陪你去登黄鹤楼
为你献上樱花十里
让武汉仔仔细细看看你
让湖北仔细看看你
虽然不知道你的姓名
却永远记住了你

白色风采

当恶魔肆虐
当毒浪涌来
有一种风采天下期待
有一种风采逆风而来
你圣洁的白花在病房绽放
让希望之花重新盛开
你拉住死神手里的绳索
临危的生命慢慢醒来

有一种风采天下期待
有一种风采逆风而来
白色风采
白色风采
你的战旗在狂风恶浪中抖开
你的花朵在冰雪严寒中盛开
也有年迈的父母亲
也有嗷嗷待哺的小孩
为了那些期盼的目光
你迎着死神走来
交出自己的命　守护生命

半条皮带

舍出自己的家　保卫大家
从容的身影安抚了恐慌
亮剑肉搏杀向敌忾
你的战袍挡在生死之界
看到你就知道春天会来

白色风采
白色风采
你是吉祥的使者驱走阴霾
你是胜利的旗帜
送来百花盛开
你总是举着希望的火炬
用你的风采谱写人间大爱

白色风采　白色风采
狂风恶浪中你最精彩
向你致敬　白色风采
向你致敬　你最精彩

一条河

骄阳收藏了所有的美丽
把最炫目的光芒洒向一条弯弯的河
那河蜿蜒在如茵的田野上
身旁开着那年的野百合
她瘦了
却依然年轻秀美
含情脉脉
因为承载了太多的青春故事
要对岁月诉说

乡道上
不快不慢驶来一辆白色面包车
那个老知青的儿孙
一个班的队伍坐了满满一车
老知青说过好几次
要再回到这里看看
看看这片黑土地
看看这条河
用凉丝丝的河水洗一把脸
一身疲劳全都没了

半条皮带

坐在河边抱起那年的吉他
和乡友们再唱一遍三套车
绿色的青春再次飞荡在田野上
泪水千万不要掉进小河

那个老知青说过好几次
要再回来看看这条河
他是食堂管理员
想再为乡友们
煮一锅滑溜溜的面条
用冰凉冰凉的井水过一过
做上四样香喷喷的卤子
吃饱了干活真洒脱
坐在大通铺上翻开唯一的那本书
再给乡友们读一段毛主席著作
他是逢考必第一的学霸
从来没说过下乡耽误学业的话
清华北大停课
他把下乡当成另一种大学生活
坚信天生我材必有用
只要是人才
哪条河也不会把你淹没
只要肯努力
最偏远的土地也不会把你埋没
大年初一凌晨就往地里挑粪
窝窝头冻成了冰馍馍

他从来没有说过那是苦难
回忆起来眼中总是充满快乐
他说那就是他青春的车辙
是生命中一首自豪的歌

那个老知青说过好几次
要再回来看看这条河
可是他没来得及
他没能再回来看看这条河

今天
老知青的儿孙们来了
胸前挂着老知青的照片来了
拉出印有老知青名字的横幅
在河边拍照
弹着那只旧吉他
唱起了三套车

祝祖国平安

穿上一身威武警装
从此心系一方平安
国旗下庄严敬礼
蓝盾责任重于泰山
花前月下少了我的温柔
出警现场有我的勇敢
母亲床前少了我的孝顺
百姓身边有我守护的双眼
不论酷暑与严寒
不管流血与流汗
我的大爱写遍每个角落
我的追求就是奉献
每个夜晚都平安
是我最大的心愿
每个窗口都幸福
是我心头的灿烂
愿家家举起欢乐酒杯
愿夜晚把笑声装满
祝百姓平安
祝祖国平安

时刻准备着

一年四季
春夏秋冬
每一天　时刻准备着
每一刻　都在准备着
火光就是命令
火海中奔跑穿梭
我的梦　我的歌
我的青春岁月
都燃烧着熊熊烈火
险情就是冲锋号角
哪里有险情哪里就有我
准备着
我时刻准备着

因为时刻准备着
父母缺憾了天伦之乐
因为时刻准备着
无暇牵着爱人的手
在花前欣赏月色
因为时刻准备着

半条皮带

没空带孩子坐一次过山车
像战士等待着冲锋
像牛郎守望着天河
我是和平环境的万里长城
危机中百姓会大声呼唤我
我用生命抢救生命
不要怕　把手伸给我
投入地爱一次忘了自己
那一刻什么也不说

我来了　百姓就放心
每一天　我都准备着
每一刻　我都准备着
时刻准备着

重逢在老报纸

翻开一张张发黄的老报纸
穿越几十年鹤岗历史
我突然遇到那些远去的面孔
曾经是那么熟悉
我又看到他在灯下爬格子
月儿悄悄守在云际
早晨刚到上班时间
我又听到他敲开编辑部的门来投稿
发现已见报的稿件
脸上绽开欣喜

今天在这里重逢
在这些老报纸里重逢
我看到了他的名字
他的名字在这里
他的文章在这里
他的足迹在这里
他的灵魂在这里

我多想与他们再次

把装满激情的酒杯高高举起
老报纸落上了一颗泪滴
我的泪滴

在这里重逢
他们带我走过一条条旧街巷
带我走过一处处矿山
工厂　森林
那年长满庄稼的大地
我又听见大战红五月的战鼓
又看见大红纸上两个大字
报喜
看见胸前戴大红花的矿工
看见装满乌金的列车
呼啸着奔向南北东西
听见森林里顺山倒的号子声
看到戴草帽的农民在烈日下铲地

我一遍又一遍地抚摸家乡
热乎乎的汗水
捂住心跳倾听家乡的呼吸
他们的笔在格子上行走
鹤岗在歌声中日新月异

抹一把泪水
想为他拂去倦意

我与他在老报纸重逢
重逢在家乡的记忆

他们和记者一路同行
鹤岗日报不会忘记
他们没有远去
深深的足迹就印在这里

像石榴籽一样紧紧抱在一起（歌词）

一个石榴五百六十个籽
五百六十个石榴籽紧紧抱在一起
五十六个民族
是五十六个亲兄弟
我们要像石榴籽一样
紧紧抱在一起
像珍惜生命一样珍惜兄弟团结
像爱护眼睛一样爱护每一位兄弟

我们是同一个石榴里的石榴籽
是同一个母亲的亲兄弟
抱在一起才能有力量
幸福路上我们在一起
我们必须紧紧抱在一起
我们必须紧紧抱在一起

奶奶教我唱首歌

奶奶教我唱首歌
歌唱二小放牛郎
不
这不是个过时的故事
他的血还留在山坡上
那血化作了美丽的鲜花
芳香飘满山岗

那条山沟不会忘
吃草的牛儿不会忘
那天鬼子来扫荡
要把山沟里的人全杀光
半路他们找错了方向
抓住十三岁的二小放牛郎

二小为什么答应带路
大步走在鬼子队伍前方
他心中早已打定主意
拿出厉害给鬼子尝尝
把敌人引进我们的包围圈

半条皮带

　　噼噼啪啪枪声四响

鬼子把二小挑在枪尖
鲜血溅红那片山岗
伤心的牛儿忘记了吃草
二小躺在冰冷的石头旁
老乡的泪水打湿了草地
秋风吹遍每一个村庄

再登一遍那山岗
我们不能忘
再走一遍那村庄
我们不能忘
胜利的今天我们不能忘
要把英雄记在心上

学习二小放牛郎
我们要好好学习天天向上
爱家乡　爱祖国
复兴大业
我们少年儿童要跟上

杨开慧，毛泽东亲密的战友、夫人。1982年，在修缮她的故居时，在卧室内侧墙壁中发现了用蜡纸包裹着的书信手稿。收信人包括毛泽东以及弟弟等亲人，但收信人都已经不在了。这些信他们终生没有读到，甚至不知道有这样一封信的存在。

未寄出的情书（音诗画舞台剧）

朗诵甲（旁白）、朗诵乙（杨开慧）
剧中人：开慧、润之、两名群演

第一幕

背景视频画面：岳麓山风光、竹叶上的露珠垂垂欲滴，橘子洲头，长沙师范校园大门、爱晚亭，黑夜中行进人群的火把，井冈山的竹林。

画面停留在杨家老屋室内的场景。

舞台场景：开慧书桌灯下写信（背景暗处）。朗诵甲、朗诵乙在舞台一侧。

朗诵甲（旁白）：

岳麓山的斑竹洒下千滴泪万滴泪
淋湿了你的头发淋湿了你的情

为了他早日胜利归来
泪雨中你痴痴地等
你在橘子洲头的橘子树下等
你在长沙师范校园的爱晚亭下等
漆黑的夜里
你用秋收起义的火把作灯
用梦中折来的井冈山那一段翠竹作笔
蘸着你的泪
为润之写下情书一封封
你是第一批共产党员
有革命者的铁骨铮铮
你也是一个女人
也有小女子的似水柔情

舞台场景:开慧书桌灯下写信,时而沉思、时而书写、时而望向远方(追光)。

朗诵乙(杨开慧):

昨天我跟哥哥谈起你,显出很平常的样子,可是眼泪不知怎样就落下来了。我要能忘记你就好了,可是你的美丽的影子、你的美丽的影子,隐隐约约看见你站在那里,凄清地看着我。谁把我的信带给你,把你的信带给我,谁就是我的恩人。

朗诵甲(旁白):

你对他的爱刻骨铭心
爱得痛彻小女子的心胸

舞台场景：开慧靠在床头，轻轻拍着三个熟睡的孩子，起身踱步，读信，掩面轻啼（灯光略暗）。

朗诵乙（杨开慧）：

"几天睡不着觉，无论如何，我简直要疯了。许多天没来信，天天等。眼泪……我不要这样悲痛，孩子也跟着我难过，母亲也跟着难过。简直太伤心了，太寂寞了，太难过了。我想逃避，但我有了几个孩子，怎能……五十天上午收到贵重的信。即使你死了，我的眼泪也要缠住你的尸体。

朗诵甲（旁白）：

　　　　夜深深
　　　　你不能大声对他读
　　　　只能低低地与秋虫呢喃共鸣

朗诵乙（杨开慧）：

天哪，我总不放心你！只要你好好地，属我不属我都在其次，天保佑你罢。今天是你的生日，我格外不能忘记你。晚上睡在被子里，又伤感了一回。听说你病了，而且是积劳的缘故……没有我在旁边，你不会注意的，一定要累死才休！

舞台场景：开慧把一封封信用蜡纸细细包好，抠开砖墙中的一块砖，把信放入墙中，再把砖放回原处，封好。（追光）。

朗诵甲（旁白）：

219

把泪流进心里
把爱写进信中
一封封
一封封
长夜漫漫
没有鸿雁传情
你用蜡纸把一封封情书包好
藏在老房子砖墙中
相信有一天他能看到这些信
把你的情拥入怀中

（场景淡黑）

第二幕

背景视频画面：夕阳下长满荒草的识字岭、识字岭的野花。

舞台场景：带着镣铐的开慧，走上识字岭，眺望远方，带着眷恋的情感，三声枪响后，缓缓中弹倒地（背景）。朗诵甲在舞台一侧。

朗诵甲（旁白）：

一天又一天
直到你饮弹扑倒刑场
鲜血染红漫野枯草的识字岭
还没有人知道老房子的砖墙

藏着你的一包深情
　　只可惜你还有最后一句话
　　没来得及写进情书中

朗诵乙（杨开慧）

　　我死不足惜
　　惟愿润之革命早日成功
　　那一天
　　他在井冈山上举战旗
　　为了革命早日成功

（场景淡黑）

第三幕

　　背景视频画面：解放战争的场景、百万雄师过大江、红旗插上总统府、毛主席站在吉普车上检阅部队、开国大典上毛主席宣布中华人民共和国中央人民政府成立（有淡淡的同期声做背景）、原子弹爆炸、五星红旗高高飘扬（叠加字幕：毛主席手书全词《蝶恋花·答李淑一》）。
　　舞台场景：杨家老屋室内的那一堵墙。
　　朗诵乙（杨开慧）

　　直到他举的红旗
　　红遍中国

半条皮带

　　直到他走进北京城
　　那年的老砖墙啊
　　你为什么还在沉默
　　为什么不让人把开慧的情书
　　投到邮筒中
　　直到蘑菇云上天
　　直到联合国五星红旗升空
　　依然没有人知道有个蜡纸包
　　在老砖墙里默默地等
　　直到收信人生命的最后
　　情书也没读到一封

　　深爱润之的杨开慧
　　你的不了情就这样久久埋在
　　那斑驳的岁月中

朗诵甲（旁白）：

　　但是　开慧
　　你知道吗
　　你深爱的润之
　　他也一直在苦苦地念着你

朗诵甲（旁白）画外音：

　　我失骄杨君失柳

杨柳轻扬直上重霄九
问讯吴刚何所有
吴刚捧出桂花酒
寂寞嫦娥舒广袖
万里长空且为忠魂舞
忽报人间曾伏虎
泪飞顿作倾盆雨

舞台场景：杨家老屋室内的那一堵墙在背面被人轻轻敲开，一包蜡纸包着的书信从砖墙中露出来，两个建筑工人，绕过来，双手轻轻捧起，充满疑惑。

朗诵甲（旁白）：

半个世纪后
忽然有一天
老砖墙不再等
修缮你的旧居
我们终于看到了
你那用蜡纸包着的深深的情
不
不要动
谁也不要动
那是你用血用泪一字一句写成

（场景淡黑）

第四幕

背景视频画面：大大圆圆的满月。

舞台场景：桂花树下，年轻的开慧给年轻的润之慢慢地读信（此处可以有淡淡的信的内容的配音同期声），润之认真地听着读信，出神地望着开慧。听罢，轻轻地把开慧搂在怀中，俩人深情相拥（背景）。朗诵甲在舞台一侧。

朗诵甲（旁白）：

> 开慧
> 今天
> 你与润之已经在美丽的月宫重逢
> 就让你当面一封一封读给他听
> 身边没有玉兔
> 桂花树下很安静
> 泪水打湿了信纸
> 不是委屈不是痛
> 是你的爱
> 终于可以决堤波涛汹涌
> 他小心翼翼为你取出
> 后背的三颗子弹
> 从来没有流过的泪洒在你的前胸
> 他用热泪为你擦拭血污
> 你与他抱头痛哭
> 那一刻亿万人泪洒华夏

　　　　大地挥泪
　　　　长天动容

　　　　杨开慧
　　　　你没有寄出的情书

　　合：天下情书
　　　　最美情书
　　　　天下情书
　　　　天下最美的情书

剧终。

半条皮带

二小的故事（音诗画舞台剧）

第一场（现代村庄或者王二小塑像旁）

史爷爷　　多想再与你一块儿在山坡放牛
　　　　　多想再与你一同在山顶站岗
　　　　　白云还在滚龙沟上空轻轻飘荡
　　　　　河水还在二道泉山间悄悄流淌
　　　　　眼中的河水为什么总是红色
　　　　　二小哥鲜红的血流在我心上

众儿童　　（现代）
　　　　　二小哥——
　　　　　二小哥——
　　　　　我们想你

史爷爷　　七十八年了
　　　　　我一直守在你的墓碑旁

众儿童　　史爷爷
　　　　　你再给我们讲一遍
　　　　　抗日英雄王二小的故事吧

史爷爷　　王二小不是一个王二小
　　　　　还有赵二小　李二小　刘二小——

　　　　　在日寇铁蹄踏碎我们家乡田园的年代
　　　　　晋察冀边区村村都有儿童团
　　　　　团团都有王二小
　　　　　　放哨　站岗
　　　　　　跑交通
众儿童　与大人一同
　　　　　冒着敌人的炮火向前进
史爷爷　今天我给你们讲一个
　　　　　闫二小的故事
　　　　　他是我们铧子尖村儿童团长

第二场　山坡（40年代）

小五　（小时候的史爷爷）
　　　　1941年的秋风吹黄了山岗
　　　　鬼子扫荡的枪口偷偷对准我们村庄
　　　　九月十六那天早晨
　　　　我和二小哥放牛来到山坡上
　　　　儿童团是八路军的眼睛
　　　　我们一边放牛一边站岗
二小　给你　小五
　　　　这是我娘蒸的干粮
小五　谢谢你
　　　　不好意思总吃你的干粮
二小　没关系　多吃点
　　　　快点长高

咱们一块儿参加八路军
小五　二小哥
　　　我知道你一直想参加八路军
　　　你的愿望一定能实现
二小　参加八路军是我最大的愿望
　　　打鬼子　保家乡
小五　你一定是最勇敢的八路军战士
二小　不好　有情况
　　　鬼子来了
　　　正向我们的方向
　　　你赶紧跑回去报告
　　　我在这里继续观察情况
小五　二小哥
　　　那你
二小　快跑　别耽误时间

第三场　滚龙沟山沟间

小五　鬼子来啦
　　　鬼子来啦
　　　快撤退
　　　快隐蔽
史爷爷　村边的山沟里
　　　隐藏着八路军伤员　全村老乡
　　　《晋察冀日报》社
　　　还有边区银行

不能让鬼子知道
不能让鬼子发现
人员快撤退
设备快埋藏

第四场　山坡

小五　扫荡的鬼子找不到方向
　　　抓住二小让他带路
　　　二小从容走在前边
　　　两旁刺刀张着血盆大口
二小　为了给部队和老乡争取时间
　　　拖住鬼子慢慢转圈
　　　从早晨一直转到太阳快落山
　　　鬼子焦急地叫喊
小五　枪托子一遍又一遍击打在二小后背
　　　他镇定地把鬼子带进八路军包围圈
　　　登上二道泉山顶
　　　他突然抱住一个鬼子
二小　我要跳崖与他同归于尽
小五　二小哥　二小哥
　　　你还是个孩子
　　　怎么能推动那个鬼子
　　　旁边的鬼子对着二小举起刺刀
　　　从后背刺透他的前胸
众儿童　二小哥——

　　　　　二小哥——
小五　你还没来得及告别爸妈
　　　没来得及再看一眼村庄
　　　没来得及实现你最大的愿望
　　　成为一名八路军战士
　　　鬼子流血的刺刀把你摔下山崖
史爷爷　四周响起噼噼啪啪的枪声
　　　　八路军仇恨的子弹四面围攻
　　　　保住了后方机关和老乡
　　　　保住了报社和银行
小五　二小哥
　　　你躺在山涧那块大石头旁边
　　　鲜血染红了夕阳
　　　染红了夕阳里的河水
众儿童　那红色的河水从此留在我们心间
　　　　那红色的河水从此留在我们心间
小五　二小哥我想你啊
众儿童　我们想你
　　　　二——小——哥——

我们都是你妈妈（音诗画舞台剧）

人物　5 岁男孩
　　　爸爸
　　　幼儿园老师
　　　社区主任
　　　女医护人员
场景　家里

爸爸　（手里拿着爱人的照片落泪）静静，媳妇，五年，我们五年没见面了，你知道我有多想你？孩子六个月我去援非，今年你又去援鄂，你太累了，我们说好了，你一定安全归来。援非回来，全部家务活我都包了，我再不让你挨累。可是，可是，你怎么……再也不能回来了。静静，我们的孩子才 5 岁。

（叮咚——门铃响，男孩抱了一个大毛绒玩具跑进门，身后跟着幼儿园老师，男孩扑向爸爸）
男孩　妈妈，妈妈，我想你。
爸爸　儿子我也想你。
男孩　你不是妈妈。
老师　他是爸爸，你不是说也想爸爸么？你爸爸回来了。

爸爸　是呀，孩子，爸爸回来照顾你，爸爸不走了。

男孩　爸爸，妈妈就要回来了，妈妈说你在外国的工作很重要，你去工作吧，妈妈回来照顾我。

爸爸　你真是个懂事的好孩子，可是……

男孩　东东的妈妈回来了，瑶瑶的妈妈回来了，幼儿园的老师说：武汉胜利了，湖北胜利了，中国胜利了，支援湖北的白衣天使妈妈们都安全回来了，我的天使妈妈也回来了。妈妈要回来喽！妈妈要回来喽！

爸爸　孩子，你的妈妈还没回来。

男孩　我都着急了。爸爸你看幼儿园的老师今天送给我一个礼物呢，我要把这个礼物送给妈妈。今天幼儿园老师都对我特别好，都夸我长大了，懂事了。

爸爸　是的，孩子，你长大了。

男孩　老师教我跳个新舞蹈。等妈妈回来，我跳给妈妈看。爸爸，你看我跳的好不好看？妈妈看了一定高兴。妈妈一定会亲吻我。她临走时答应我的。

（男孩跳舞）

爸爸　好，爸爸给你鼓掌。

男孩　你在电话里不是对我说，春天来了，妈妈就回家吗？现在春天来了，别的小朋友去湖北的妈妈都回来了，我的妈妈为什么还不回家？

老师　孩子，先别问了，以后我就是你的妈妈。

爸爸　也许明天……

男孩　明天妈妈就回来吗？

爸爸　也许明天我会告诉你。

男孩　妈妈临走的时候对我说，我不哭她就早点回家，我没哭，一直忍着不哭，我一直忍着，妈妈为什么还不回家？（带哭声）

爸爸　孩子，不哭，不要哭。百花盛开的时候妈妈就回来啦，你会在百花丛中看到妈妈。

男孩　爸爸，你怎么哭啦？你也想妈妈了吗？

爸爸　不，我没哭，我，我不是哭，是被你妈妈感动啦。

男孩　为什么感动呢？

爸爸　你的妈妈是一个伟大的——白衣天使，是一个伟大的妈妈。她为了挽救千万个小朋友的爸爸妈妈。告别了我，告别了你，其实，她也想咱们俩。

　　　她舍了咱们的小家，是为了大家，妈妈是个了不起的大英雄。如果有一天，为了千万个小朋友不失去爸爸妈妈，让你失去妈妈你同意吗？

男孩　不，我不要大英雄，我要妈妈，要天天陪在我身边的妈妈。

　　　妈妈，妈妈，你快回家吧，我要忍不住啦，要哭啦！妈妈！

（叮咚，门铃响）

男孩　妈妈，妈妈，妈妈回来啦！

（开门　扑向妈妈，拥抱）

男孩　妈妈，妈妈，我好想你呀。

社区主任　孩子，我也想你呀。

男孩　不，不是妈妈，你不是妈妈。

半条皮带

爸爸　你好。
社区主任　你好,听说你回来了,过来看看你,也看看孩子。是祖国派专机接你回来的?
爸爸　是的,谢谢。
男孩　我妈妈去湖北啦,我要妈妈。
主任　是的,你妈妈他们在湖北治好了很多患者,打败了瘟神,他们胜利啦。
爸爸　对,孩子,妈妈胜利了,我们都胜利啦。
男孩　妈妈呢,妈妈怎么还不回家?
主任　孩子,从今天开始,我就是你的妈妈。
男孩　不,我要妈妈,妈妈,我们胜利了,你快回家吧!

(叮咚,门铃响)
男孩　妈妈,妈妈回来啦!
(开门　扑向妈妈,拥抱)
男孩　妈妈,妈妈,我好想你呀。我一直忍着眼泪,没哭。妈妈,我好久没有喊妈妈啦,妈——妈!
女医护人员　孩子,我也想你呀。我也很久没亲你的脸啦,让我亲亲你。
爸爸　你好。
女医护人员　我来看看孩子。
男孩　不,你不是妈妈,我的妈妈去湖北啦。
女医护人员　孩子,我就是从湖北回来的妈妈呀。我们挽救了好多好多人的生命,战胜了瘟疫,孩子,我们胜利啦,我们回家啦,从今天开始,我就是你的妈妈。

男孩　不，你不是妈妈，我要妈妈。

女医护人员　我知道你是个懂事的孩子，从那一天开始，我就盼着早点到家来见你，我非常非常想你，孩子，从今天开始，我就是你的妈妈。

爸爸　谢谢，谢谢你们。

爸爸　孩子，你听爸爸告诉你：你的妈妈是世界上最好的妈妈，是一个伟大的妈妈。为了保卫湖北，保卫全中国，保卫千万个妈妈，她已经化作了（语气稍顿）万花丛中的鲜花。你的妈妈太累了，妈妈永远不能回来了，从今天开始，她们就是留在你身边的妈妈。

老师

主任

医务人员共同说：

　　是的孩子，从今天开始我们都是你的妈妈。

男孩　（扑向三人）妈——妈！

（三人同时）孩——子！

（三人与男孩拥抱在一起）

两场歌剧（根据本剧作者八场歌剧《血火红盖头》改编）

红盖头（小歌剧）

第一场

日。

小兴安岭，东北抗日联军营地。

众抗日联军官兵。（合唱）

  我们巍巍的兴安岭
  我们绿色的大森林
  这里每一寸土地都是我们的
  决不允许敌人来入侵
  每一块石头都充满仇恨
  每一棵树木都怒火欲喷
  抗日联军隐藏在密林深处
  勇敢战斗消灭敌人
  生命是为这片土地而生
  心跳誓与这方山河共存
  这里每一寸土地都是我们的
  谁敢来侵占坚决和他拼

众战士边唱边舞。

军长赵尚志、政委冯仲云和几位军首长,师长吴光浩、众抗联战士上。

赵尚志　　（唱）

　　　　火烤胸前暖
　　　　风吹背后寒
　　　　雪压青松松更挺
　　　　黑云压顶志更坚
　　　　鬼狼追来万千重
　　　　部队大转移保火种

吴光浩　　（唱）

　　　　苏联养伤近一年
　　　　转眼又回大营前
　　　　想念山中众战友
　　　　想念巧凤夜难眠
　　　　今日参加军团会
　　　　设计与敌巧周旋

陈巧凤　　（唱）

　　　　鸟儿喳喳传喜讯
　　　　春风送回心上人
　　　　风雨带不走满山翠
　　　　光浩哥还是那么威武精神

冯仲云　今天小兴安岭黑龙江一带几个军的首长都来了，今天的会议作了几项重大决策，根据目前形势需要，会后，我们军将转移。趁着大伙都在这里，今天我们给吴师长和陈巧凤举办婚礼，咱们同时来个大联欢。

众　人　好！（鼓掌）

裴大姐　吴师长和巧凤同志的婚礼真是不容易，今天已经是第三次了。第一次是吴师长接巧凤他们进山，巧凤头上蒙着红盖头，他俩假扮新郎新娘。

二兰子　那盖头是吴师长的半个褥子面。

裴大姐　第二次，真结婚，我们刚把那个盖头给巧凤蒙上，敌人来了，发生战斗，为了掩护战友，吴师长身负重伤，到苏联去抢救。一去就将近一年。

冯仲云　我宣布！吴光浩、陈巧凤的婚礼。现在开始！

　　一群女战士上。每人捧一束野花。
　　在陈巧凤头上套一个野花编的花环。往吴光浩头上套个树枝扎的花环。

二兰子　这是我和姐姐们用野花编的，你闻闻，多香！

冯仲云　我做你们的证婚人，宣布你二人从现在开始为合法夫妻。

赵尚志　（唱）
　　　　你们要学马克思和燕妮
　　　　做一对革命好伴侣
　　　　抗战成功再安家

　　　　　　　天长地久不分离

　　众人跳朝鲜族、蒙古族舞。
　　天色渐晚。战士们点起篝火。
　　裴大姐、二兰子给大家斟白桦树汁。

裴大姐　这白桦树汁是老天爷给我们造的酒。这是天下最美的酒。让我们高高举起手中的酒碗,与新郎新娘一起痛饮。干杯!
众　人　干杯!
裴大姐　下面请新娘子唱一首歌,大家欢迎。
陈巧凤　(唱《红盖头》)

　　　　　　红盖头　盖头红
　　　　　　一朵美丽的映山红
　　　　　　开在皑皑白雪上
　　　　　　飘在滚滚硝烟中
　　　　　　阳光月色编经纬
　　　　　　青春热血染成红
　　　　　　人间最美的风景
　　　　　　女儿心中的彩虹

吴光浩　陈巧凤　(二人合唱)

　　　　　　红盖头　盖头红
　　　　　　一朵美丽的女儿红
　　　　　　风吹雨打不退色
　　　　　　血染火炼更鲜红

　　　　　　红在山川红在岭
　　　　　　要把大地都映红
　　　　　　天下最美的颜色
　　　　　　女儿心中的盖头红
　　　　　　天下最美的颜色
　　　　　　女儿心中的盖头红

　　众人起舞
　众　人　（合唱）
　　　　　　美丽的白桦林
　　　　　　绿色的大营盘
　　　　　　我们在这里自由呼吸
　　　　　　我们在这里尽情狂欢
　　　　　　新娘戴上野花的花环
　　　　　　新郎举起白桦汁酒碗
　　　　　　新娘把我们的眼睛看醉
　　　　　　篝火把我们的心情温暖
　　　　　　今夜在这里举杯痛饮
　　　　　　明天要冲向杀敌前线
　　　　　　干　干　干

　赵尚志　同志们，明天我们就要大转移，今夜不能睡得太晚，洞房就不要闹了，现在就把一对新人送入洞房，赶紧准备明天的转移。

　　各军首长下。众战士边歌边舞，抬起新郎新娘送入树枝搭的新房。
众战士　走，咱们快准备去吧。

　　洞房内，吴光浩与陈巧凤拥抱，陈巧凤又把吴光浩推开。
陈巧凤　你先出去，再重进来一次。

　　吴光浩出门等候，陈巧凤拿出红盖头蒙在头上。
陈巧凤　进来吧！

　　吴光浩推门进屋。
陈巧凤　一年前我不是说过么，我嫁一回人，得好好美美，你得给我掀一次盖头。
吴光浩　我没忘，没忘。这盖头还是我给你的吧？
陈巧凤　是呀，就是那块盖头，我一直还留着。
吴光浩　今天我正式给你掀盖头，这回是真的了。不过，我们只能作一夜夫妻，明天一早就要分开了。我随军部先走，你们被服厂最后撤。咱俩要分赴不同的战场。
陈巧凤　咋说是一夜夫妻呢？分开了我们还是夫妻，一辈子的夫妻。
吴光浩　对，对，还是我媳妇说得对。从今天晚上起，你就是我一辈子的媳妇了。（与陈巧凤手拉手）
陈巧凤　（唱）

　　　　红盖头把我送到你面前
　　　　今生我就给了你

半条皮带

　　　　　　　　　和你一块儿生儿育女
　　　　　　　　　手牵手经受风雨
　　　　　　　　　今夜我嫁给了你
　　　　　　　　　这辈子我就属于你

吴光浩　　（唱）

　　　　　　　　　你要给我生几个小李白
　　　　　　　　　把中国诗词进行到底

陈巧凤　　（唱）

　　　　　　　　　盼和平的太阳早升起
　　　　　　　　　和你一起学习诗词格律

吴光浩　　（唱）

　　　　　　　　　到那时咱们好好安个家
　　　　　　　　　一边学习一边种地

陈巧凤　　（唱）

　　　　　　　　　家乡的山坡开满花

吴光浩　　（唱）

　　　　　　　　　跑着咱们的小儿女

　　吴光浩拉着陈巧凤的手,扶她坐在炕沿边。
吴光浩　正道儿坐好,我要掀盖头了,让我好好看看我的新媳妇有多俊,然后我得狠狠亲亲你。

　　吴光浩后退两步,立正,向陈巧凤敬个军礼,刚要伸手掀盖头,突然,远处响起枪声。二人一愣。
幕后有人喊:"大转移提前了,现在就集合!吴师长,准备集合!"

陈巧凤一把扯下红盖头，扑在吴光浩怀里。二人紧紧搂在一起。吴光浩拉着巧凤慢慢站起来，抚摸巧凤的头发。

吴光浩　巧凤，等这次大转移安定下来以后，我一定好好给你掀一次盖头。就咱们俩，在屋里，就这么搂着，一宿都不松开。

陈巧凤　（恋恋不舍地）光浩哥，我等着。你快去吧，集合啦。

吴光浩走到门口，陈巧凤追上去，把红盖头塞给吴光浩。

陈巧凤　你把它系在腰上，上边有我的体温。

吴光浩接过红盖头跑出去

陈巧凤　（唱）
　　　　　　这一去不知何日再相亲
　　　　　　这一去不知能否有音信
　　　　　　光浩哥你带走了我的心
　　　　　　你带走了我的心！

幕落。

第二场

几个月后。

日本宪兵队审讯室，长桌，日本军官，翻译，两个打手站在陈巧凤两旁。陈巧凤躺在地上。

幕后伴唱：

    星垂泪　夜沉沉
    全身血肉没了魂
    活人进来扒层皮
    死人进来被活吞
    十指瑟瑟血淋淋
    钢钎根根穿透心
    女儿本是血肉躯
    硬要炼成钢铁身
    咬碎钢牙不开口
    几次惨死几次昏

  敌打手向巧凤身上泼一桶水，陈巧凤从地上慢慢站起来。
陈巧凤　（唱）

    远方红旗天上飘
    朦朦胧胧化作云
    硝烟漫漫追旗去
    红光闪闪天雷滚
    阎王殿上走一走
    回来万箭穿我身
    人间地狱十八层
    零割骨头活抽筋
    挺住挺住要挺住
    一道一道地狱门

敌打手　醒过来了！
翻　译　太君让你说出鸭蛋河地下组织名单和你们部队的

去向。

陈巧凤怒视，不语。

翻　译　这是日本皇军宪兵队守备处，这里的刑罚严酷，大男人都挺不住，你一个小姑娘家的，就别遭罪了，快说吧。
陈巧凤　不知道，不知道，就是不知道！我说，我说，我说让你们快滚王八蛋！
日本军官　八嘎！

陈巧凤挺身扑向日本军官，被两个打手按住。日本军官夺过打手手中的棒子，向陈巧凤头上猛砸，陈巧凤被打倒在地，又踉跄站起来。

陈巧凤　小鬼子，你们蹦跶不了几天了，抗联就要回来收拾你们，中国就要解放了！
日本军官　（日语）吊起来！
翻　译　太君，这都折腾两个月了，再用刑她就没命了。让我劝劝她。

日本军官做个手势，两个打手下。

翻　译　（唱）
　　　　女英雄，陈姑娘
　　　　我敬你是个英雄汉
　　　　用尽酷刑不低头
　　　　血肉模糊腰不弯
　　　　五体投地佩服你

> 不愧是东北女抗联
> 我也是个中国人
> 今天要救你出牢监
> 你不投降也可以
> 消消气你听我劝
> 只要答应嫁给我
> 立刻放你回家转
> 给日本人做点事
> 荣华富贵享不完

陈巧凤　呸！（唱）

> 你也配做中国人
> 不要脸的大汉奸
> 我丈夫是抗日英雄汉
> 推不倒的兴安大山
> 想起他我就浑身是胆
> 想起他我不怕皮鞭钢钎
> 他总有一天打回来
> 鬼子汉奸全完蛋
> 让你们全完蛋

翻　译　（唱）

> 你丈夫已经死在日本人的枪弹下
> 你别再想来别再盼
> 这块红布你认识不？（拿出红盖头）这是他死后从他身上搜出来的，我特意拿给你看。这上还有字呢："谁能交给我的媳妇陈巧凤。"

陈巧凤一把抢过红盖头。

陈巧凤　（唱）

　　　　啊

　　　　天昏昏　地暗暗

　　　　天塌地陷肝肠断

　　　　革命战友心连心

　　　　新婚夫妻比蜜甜

　　　　是你点起我心中抗日火

　　　　是你带领我进大山

　　　　枪林弹雨一块杀敌寇

　　　　草根树皮一块度艰难

　　　　你是我心中的一面旗

　　　　你是我心中的一座山

　　　　有你就有我的希望在

　　　　有你我敢把牢底坐穿

　　　　一夜夫妻百日恩

　　　　你天天在我心里边

　　　　你说我们胜利再安家

　　　　我天天盼着胜利的那一天

　　　　你说那一天你重新给我揭盖头

　　　　我做梦也梦见你把盖头掀

　　　　哪知你一腔热血全流尽

　　　　留下我一个人孤单单

　　　　光浩哥　光浩哥

翻　译　你还是听听我的劝吧。

陈巧凤挺起胸膛。

陈巧凤　呸！呸！你妄想！你这个猪狗不如的东西，给中国人丢脸。

　　　　（唱）

　　　　　　我是钢筋铁骨的女抗联
　　　　　　怎能低头当汉奸
　　　　　　钢钎烙铁随你便
　　　　　　脑袋拿去不眨眼
　　　　　　跟着光浩哥朝前走
　　　　　　抗日杀声喊到阎王殿

日本军官和打手上。

日本军官　这个姑娘顽固不化，不能留着。（做一个杀的手势）

翻　译　太君，让我再劝劝她。（对巧凤）女英雄你再想想。

陈巧凤　滚！别给中国人丢脸！

翻译后退。

陈巧凤　（唱）

　　　　　　要杀要砍随你便
　　　　　　不怕火海和刀山
　　　　　　为了打倒小日本
　　　　　　愿将热血染河山
　　　　　　小日本，你来吧
　　　　　　今天我要眨眨眼
　　　　　　姑娘我就不姓陈

日本军官做个手势，上来四个日本兵，端着枪。

陈巧凤举起红盖头，在空中一抖。

陈巧凤　带路！（把红盖头蒙在头上。）

审讯室隐去，陈巧凤走上山头，头上蒙着红盖头，昂首站在山顶。

陈巧凤　（唱）

　　　　高高兴安岭

　　　　野花开满山

　　　　清清鸭蛋河

　　　　鱼跃碧浪间

　　　　白云轻轻飘

　　　　青天蓝又蓝

　　　　弯弯村头路

　　　　妈妈在思念

　　　　我就要到那远方去

　　　　相约来生再见面

　　　　来生我还要生在鸭蛋河边

　　　　今生没有看够鸭蛋河的炊烟

　　　　来生一定跟着光浩哥去上学

　　　　跟他学习写诗篇

　　　　光浩哥你要好好给我掀一次红盖头

　　　　我要天天靠在你胸前

　　　　再见了鸭蛋河

　　　　鸭蛋河来生再见

　　　　　光——浩——哥　我——来——了

高山回声："光——浩——哥，我——来——了！"
枪声
音乐起，满山红光。
幕后合唱：

　　　　血火红盖头
　　　　热血染山河
　　　　血火红盖头
　　　　烈火燃心窝
　　　　红盖头记下一段史
　　　　红盖头谱下一首歌

合唱中幕落。
剧终。

故事原型参考了刘颖纪实文学《忠诚》